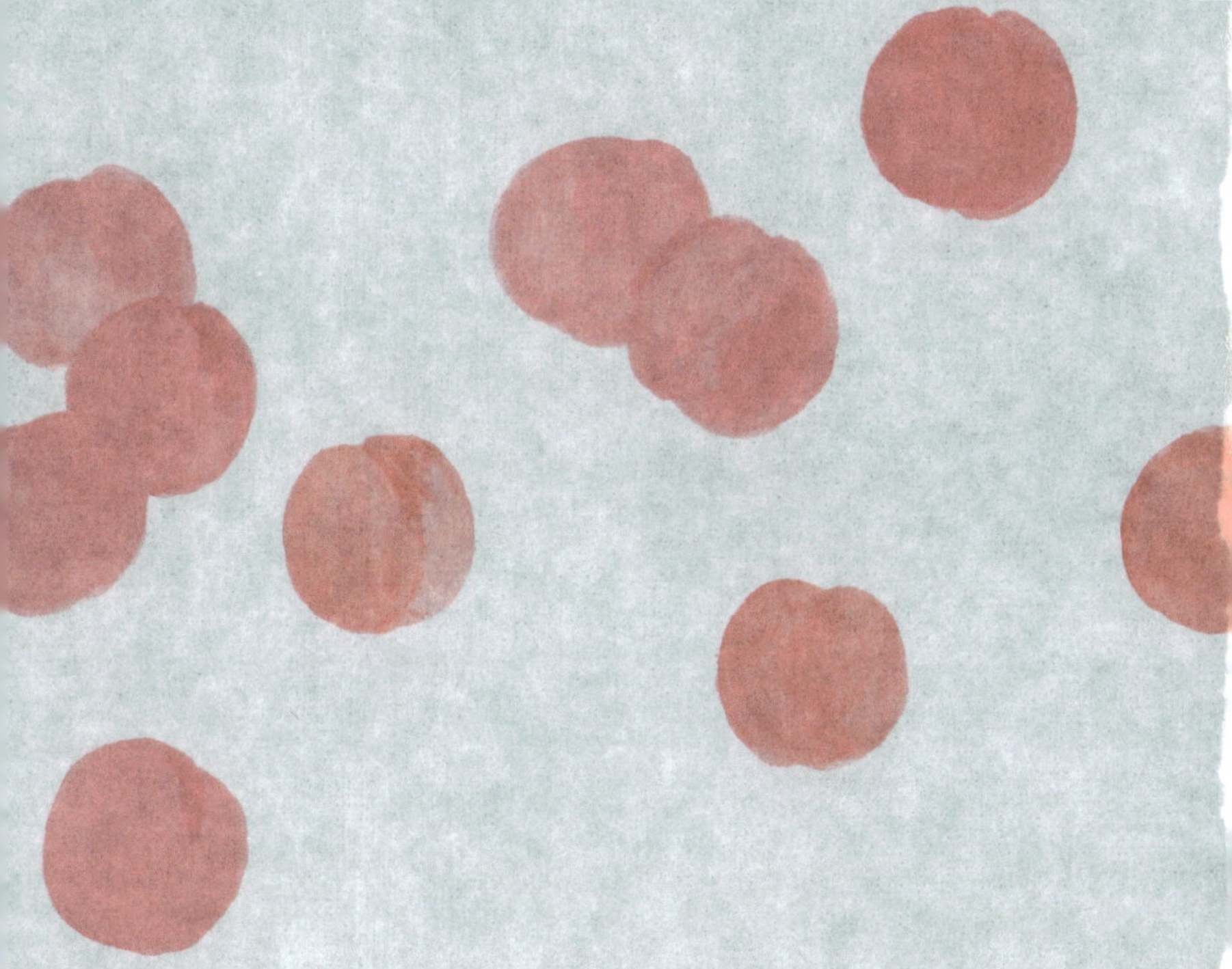

その桃は、桃の味しかしない

加藤千恵

幻冬舎

まひるのノックは意味がない。音と同時に、ドアが開けられる。彼女のノックは許可を求めるものではなく、単に音が発生する行為に過ぎない。ともかく今日も、意味のないノック音に続き、声が飛び込んできた。

「奏絵《かなえ》ちゃん、大さじ一って、どのくらいかわかるっ」

「十五ミリリットル」

わたしは読んでいる本から顔をあげずに答える。物語の中ではちょうど、女が男に自作の詩、最初の二行だけを披露しているところだった。本がたくさんあるところは、間違いなく、この家の利点の一つだった。もっとも、この家には、利点しかない。欠点をあげるとするならば、そもそもの存在理由くらい。

「十五ミリリットルって、どれくらいなのっ」

明らかに焦《あせ》っている口調に、わたしは顔をまひるのほうに向けた。しぶしぶだった。ドア口に立っているエプロン姿のまひるは、片手にお玉を持っている。ごっこ遊びみたい、とわたしは思う。細かいレースがたくさんついた白いエプロンも、似合ってはいるけれど、生活感には乏しい。

立ち上がるのは面倒だったけれど、ほっておいては、もっと面倒くさいことになりそうなので、仕方なくまひるについて、台所まで向かう。リビングとひとつづきになったカウンターキッチンは、エアコンが遠いため、自分の部屋よりも暑い。シンク横のスペースに広げられた料理本、散らかされたまな板やボウルや野菜くずから、ガスコンロに目をうつす。まひるが指さす白い鍋の中には、肉じゃがらしきものが入っていた。不揃いに切られた野菜と肉が入っていて、明らかに色が濃い。

「ねえ、これって、大さじじゃないよね」

まひるが出してきたスプーンは、間違いなく大さじだった。

「それだよ。大さじ」

「えー、そうなの。小さじだと思って、醬油《しょうゆ》六回入れちゃった。大さじ二って書いてあったから。小さじ三が大さじ一だよね」

どうしてそんなことはわかるのに、大さじ一の分量はわからないんだろう。わたしは鍋の中身を見つめる。実際に食べるまでもなく、味が想像できた。

「でもね、本には大さじ四って書いてあったけど、それだと四、五人分になっちゃうから、半分の分量にしてみたの。それはラッキーだったよね。本の通りだったら、十二回入れてたよ」

まひるはどこか得意げだ。確かに、十二回よりは、六回のほうがずっとマシだ。

「どうしようか」

まひるは黙っているわたしに言う。わたしは答えた。

「濃いのはどうにもできないから、スープにするとか」

「奏絵ちゃん、すごい。うん、スープでいいよ」

スープでいいよ、って……。わたしはまひるの顔を見た。にっこりと微笑《ほほえ》んでこちらを見つめ返すまひるに、何も言う気になれず、黙って大きな鍋を出し、中身をうつしかえた。醬油の匂い。

「これって、醬油以外も全部入れたの」

「んーとね、にんじんと、じゃがいもと、豚肉と」

「じゃなくって、調味料」

わたしは苛立《いらだ》ちながら、鍋の中に浄水を加える。この台所の水道は、あらかじめ蛇口が分かれている。水道水と、浄水。どちらもお湯にできる。もっとも、便利でハイテクな台所は、わたしが来るまでは、ほとんど使われていなかったらしい。わたしの存在が、まひるの料理心に火をつけたのだとしたら、申し訳ないような気もする。食べ物に対しても、まひるに対しても。

「まだ何も。これからみりんと水を入れるつもりだったけど」

醤油を先に入れるのは、明らかに間違った順番だと思ったけれど、今の場合はかえってよかったのかもしれない。わたしは棚から中華だしが入ったガラス瓶を取り出し、適当に入れると、菜箸を使って、明らかに大きなじゃがいもを割る作業に入った。

「使いかけの食材は、ラップしてしまっておいてね。お肉とか」

まひるは、はーい、と勢いよく答えると、持ちっぱなしだったお玉をわたしに手渡して、どこか嬉《うれ》しそうに片付けを始めた。今夜はパスタの気分だったのにな、とわたしは思う。


キムチとお酒と砂糖とラー油と卵を加え、中華風にしたスープを、まひるはおいしいと絶賛してくれた。が、明らかに残った量が多すぎて、しばらく食べつづけることを思うと、少し憂鬱になった。そのうえまひるが、明日はシチューを作ろうかな、などと言うので、必死に止めた。スープもシチューも食べるよ、と言うまひるだけれど、もともと彼女は食が細い。以前も、餃子《ギョーザ》を作ったときに、餃子は大好きだから三十個は食べるというので大量に用意したら、結局五個くらいを食べたところで、お腹いっぱい、と箸を置いてしまった。

まひると食事を一緒にとるのが恒例になったのは、ここ二週間くらいのことだ。昼食も夕食も一緒にとる。それまでは、たまに一緒になることはあっても、基本的には別々だった。まひるが声をかけてくることが多く、いつのまにか今の形になった。

今も、週に二、三回は別々に食事をとる。わたしかまひるのいずれかが、平井さんと会うときだ。さらに、週に一回は平井さんも一緒に、この部屋で三人でごはんを食べる。

ダイニングテーブルやチェアはないので、食事はいつも、リビングのテーブルに料理を運んでとる。フローリングに置いた、茶色と白の細かいチェックのクッションに座って。平井さんがいるときは、微妙に空気が変わる。みんながそれぞれをもてなそうとしているような、穏やかさの中に緊張感のひそむ空気だ。それにくらべれば、まひるとの二人の食事のほうが、ずっとリラックスしている。奇妙なことに。

もともと料理は嫌いじゃない。自分だけなら何を食べてもいいので、適当にパスタなんかを作って食べることが多かった。けれど、一人分が作りにくい料理もたくさんある。カレー、シチュー、ロールキャベツ、鍋料理。そういうときは、多めに作って、まひるにも声をかけた。あるいは、平井さんが来るときに合わせて作るようにした。

わたしがこの部屋に来るまで、平井さんとまひるは、家で食事をとることはほとんどなかったそうだ。せいぜい、デリバリーを利用するくらいだったという。まひる一人のときには、コンビニや近くのカフェで食事を済ませていたらしい。確かに一通り揃っている鍋や食器は、ほとんど使われた形跡がなかった。

まひるが最近、料理を作るようになったのは、彼女の人生において初めてのことであるのは疑いようがなく、これもまた直接確かめたわけではないけれど、わたしの料理を平井さんがほめてくれたことがきっかけだと思う。いつもなら、おいしいと連発するわたしの料理を、平井さんがいるときは、けしてほめないまひるのわかりやすさに、自分とは違うものを感じる。笑いそうになってしまうくらい、可愛らしさも感じるけれど、まひるにとっては屈辱だろうから、実際に笑ったことはない。

まひるの料理は、高確率で失敗しているけれど、それでもバイトから帰ってきて玄関のドアを開け、台所から食べ物の匂いがするのを感じると、どこかしら安心感を憶《おぼ》える。安心とはかけ離れた関係性や状況であるはずなのに。おかえりー、とまひるの声がするたびに、わたしは小さく混乱してしまう。けれど一方ではそれにも、慣れつつあった。

どんな状況であっても、続けば日常になっていくのだ、と思う。

足音が聞こえる。まひるがお風呂からあがったらしい。彼女の部屋のドアが開き、閉められる音。

シチューは絶対に作らないでね、と言っておくべきだろうかと悩み、立ち上がり、やめた。言っても作るときは作るだろうし、作らないほうを信じたかった。

立ち上がったついでに、読みかけになっていた本を手に取る。小説の中では、浴室に現れたコオロギについて語られていた。わたしはドライヤーのかけ方が甘い、まだ半乾きの髪の毛のまま物語に集中しはじめる。


ホームセンターでのアルバイトは、はっきりいってラクだ。少々退屈になってしまうくらい。一時から六時までの間にやって来るのは、たいていが主婦で、園芸用品かペットフードを買っていく。何度も来るお客さんの顔は多少憶えたけれど、みんな似たような格好で、似たような雰囲気をまとっているので、わからなくなる。

レジ専門のバイトであっても、お客さんが少ないときには、品出し作業を手伝うことになっているのだけれど、わたしはめったにない。品出し担当の社員もパートも、わたしとの距離を測りかねているからだろうと思う。〇〇さん、品出しお願い、と誰かが言うとき、わたしの名前はほとんど呼ばれない。年齢的にも立場的にも、わたしはちょっと浮いている。この時間に他に働いている、社員以外の人は、フリーターか主婦だ。夕方からは学生。わたしはフリーターという区分に入ってはいるものの、かといって彼らが持つ明るさや親しみやすさを備えてもおらず、他の人たちにとっては、よくわからない存在になっているようだ。わたしはそのことを、悲しいとも嬉しいとも思わない。仕事以外の話をしたいわけでもないし、力を使う品出しをせずに済むのはラクなので、ただ受け入れている。

以前のバイト先では、わたしはもっと溶け込んでいた。溶け込まされていた、というべきだろうか。バイトしていた雑貨屋の店長は、とにかくみんなで仲良くしたがる人で、周囲と距離を置きがちなわたしに、やたらと質問を投げかけたり、休憩時間を調整して、わたしが他の人と話さざるをえない状況を作ったり、しょっちゅう仕事終わりの飲み会を企画したりしていた。誰かの誕生日を祝うから、と言われてしまっては断りづらく、わたしも三回に一回くらいは出席していた。自分が祝われる前に辞めたのは、賢明な判断だったと思う。

そのときに比べれば、今の職場のほうがよっぽどラクだし、心地よいと思うのは、わたしに協調性が欠如しているからなのだろう。協調性の欠如、は、雑貨屋の店長がわたしに言っていたものだ。もっとオブラートに包んだ言い方で、比喩をとりまぜたりしながら。わたしは給食を食べきれずに居残りさせられている小学生のような気持ちで、店長の話を聞いていた。

雑貨屋のバイトは結局、三ヶ月ほどしか続かなかった。今では店長の顔も名前も思い出せない。

けれど平井さんに会ったのも雑貨屋だ。わたしは雑貨屋で彼に拾われたのだ。こんなふうに言うと、平井さんは嫌がるだろうけれど、拾われた、という言葉が一番しっくりする。

初めて彼を見たときのことは、今もぼんやりだけれど記憶している。今日はオーナーの関係者が来るから、という言葉に、偉そうなおじさんを想像していたけれど、現れたのは線の細い、眼鏡をかけた、背の高い柔らかな雰囲気の人だった。思っていたよりも若かった。スーツも着ておらず、ストライプのシャツにチノパンという、カジュアルな格好をしていた。

わたしを見て、新しいバイトの子なの、とわたしではなく、店長に訊《たず》ねたことを憶えている。そうなんですよー、と答える店長の声は、いつもよりも華やかで、明らかな媚《こ》びが滲《にじ》んでいた。

それから数回来たけれど、いずれのときも、わたしとは会釈を交わすくらいで、店長とお店に関する話を少ししてから帰っていった。何のために来ているのかはよくわからなかったけれど、客も店員も女の人しかいないその雑貨屋に、彼は不思議と馴染んでいた。

わたしが辞める数日前にも彼はお店に現れた。店長と話した後はまっすぐ帰る彼が、その日はわたしのところにやって来た。不思議に思っていると、彼が口を開いた。

「辞めるんだって、ここ」

はい、と答えた。店長に聞いたのだろうけれど、彼がそんなふうに訊ねてくることは意外だった。それまでまともに会話を交わしたこともなかったからだ。

「辞める日の夜、あいてるなら、ごはん食べませんか。二十日だよね。九時に駅の東口で待ち合わせでいいかな。嫌いなものはあるの」

流れるように話す彼に対し、わたしは多分、目を丸くしていたと思う。質問が山ほど生まれたのに、一つも言葉にはならなかった。一方で、不快さや怪しむ気持ちも生まれなかった。雨が降ったら傘をさすような自然さで、わたしはうなずいていた。ありません、という答えとともに。

じゃあ、二十日に、と言い残して、彼は去っていった。わたしは彼が去ってから、今の会話が誰かに聞かれていたのではないかと、周囲を気にした。誰も聞いてはいなかった。後で店長に、さっき平井さんと話してたみたいだけど、と探りも入れられたけれど、辞めるんだってねと言われました、と答えると、納得した様子だった。

二十日、わたしは半信半疑なままで待ち合わせ場所に向かった。彼は、いた。わたしを見つけると、片手を軽くあげて、イタリアンでいいよね、と歩き出した。足早に歩く彼の背中を見ているうちに、この人は緊張しているのかもしれない、と初めて思った。

実際に食事しているときもそうだった。あまり饒舌になることなく、どこか落ち着かない様子でわたしに質問を繰り返すばかりの彼は、実はあまり自信のない人なのかもしれないと勝手に思っていた。

だから二度目に二人きりで会ったときに、彼がスマートで情熱的にわたしを口説き、バーのカウンターの下でこっそり手を握ってきたのはすごく意外だった。

もしかするとああいう作戦だったのかもしれない、とは今なら思う。正直なところ、彼のそんなギャップが好奇心や興味につながった部分もあったから。

「おはようございまーす、橋本さん、交代ですよね」

バイトの女の子がやって来て、わたしに声をかける。もうそんな時間か、と思って確認すると、六時十分前だった。

「おはようございます。じゃあ、レジあげするね」

何時であっても、おはようございます、と挨拶を交わすのは雑貨屋でも共通だった。お願いしまーす、と明るく笑うバイトの子のまつ毛は不自然なほど長い。多分付けているのだろう。近くの高校に通っているらしい。名前は確か、ヤマザキかヤマモトだったと思う。

レジを交代するときには、その時点での売上額とレジの中の金額を照合する、レジあげを行う。さして売れてもいないので、金額にずれがあることはほとんどないのだけれど、それでもやるたびに緊張する。次にレジに入る人が見ているから、余計だと思う。金額が正しいことを確認して、おつかれさまです、とバックルームに向かう。おつかれさまでーす、と返ってくる声は、やっぱり明るい。

エプロンを外して、靴を履き替えるだけの着替えを済ませ、外に出てから、ケータイにメールが来ていることに気づいた。誰からのものなのかはわかる。このアドレスを知っている人は、世の中に一人しかいない。電話番号なら、バイトの面接を受けるときに履歴書に記入してきたので、もう少し多いけれど。
《今夜、八時くらいにそっちに行きます》
シンプルなメールだ。このシンプルさは好ましいと思いつつ、わたしは家に向かう。ここから家までは、歩いて二十分くらいだ。電車を使ってもいいのだけれど、待ち時間を考えると、結局は同じくらいの時間がかかってしまうので、よっぽど天気が悪い日以外は、歩いて通っている。歩くのは嫌いじゃない。ひどく暑くて、立っているだけで汗が流れ出てくるようなこんな季節でも。
いつものように、二十分ほどかけて家にたどり着き、ドアを開けると、平井さん来るってー、とまひるの声がした。あまりの素早さに、わたしはただいまと言うタイミングを逃してしまう。リビングにつながるドアを開けると、まひるが嬉しそうに、ほら、八時頃に来るって、と自分のケータイを差し出してくる。わたしのケータイに送られたのと、まったく同じ文面のメールがそこに表示されていた。同時送信にしないところが、平井さんのマメさを表しているな、と思う。優しさではなくてマメさ。

「そうなんだ。突然なんて珍しいね」

わたしは言う。同じメールが来たことは言わない。これだって、優しさではないと思いながら。

「ねー、どうしたんだろうねー」

抑えているのかもしれないけれど、それでもまひるの声には嬉しさが滲んでいる。声を背中で受け止めながら、洗面所に向かう。外出から戻ったときに、手洗いとうがいを欠かせないわたしの習慣を、子どもみたいだね、とまひるは時々笑っていた。最近は、まひるにもその習慣がうつったみたいだ。

シャワーで汗を流してから、自分の部屋に戻り、部屋着に着替えた。最近、部屋では、黒い綿の半袖《はんそで》ワンピースばかり着ている。裾《すそ》の部分には、遊ぶ二人の女の子が描かれている。薄いグレーの線で描かれているため、まじまじと見ないと、何の絵なのかはわからない。

戻ると、まひるはカウンターキッチンの中にいた。わたしの姿を確認して、困った声で言う。

「どうしよう、何作ればいいかなあ」

「ごはんさえ炊けば、昨日の残りでいいんじゃないの。スープもサラダも余ってるし」

そういえばシチューを作らなかったのだな、と安心した。まひるは不満げな顔でさらに言う。

「メインがないじゃん、メインが。昨日、ぶりの照り焼きは食べきっちゃったし。やっぱりシチュー作ろうか」

「いらないよ」

強い口調で言ってから、わたしもキッチンに並んだ。冷蔵庫を開けて、中身を確認する。余っている食材はそれなりにあった。

「今から買い物行こうか」

「それもいらない」

わたしは答え、メインを冷やし豚しゃぶに決める。スープと豚肉が重なってしまうけれど、肉を使い切りたいし、レタスとトマトもある。サラダはマカロニサラダなので、具材はそんなにかぶらない。棚に練り胡麻《ごま》も余っているはずだ。

「冷やし豚しゃぶにするから、レタスとトマト洗って」

「はーい」

これ以上ないほどの素直な声で、まひるが返事をする。まひるはいつのまにか、パフスリーブのブラウスにスカートを着ている。わたしがバイトに出かけるときはそうではなかった。平井さんが来ると聞いて着替えたのだな、とわかった。

豚しゃぶとスープを絶賛する平井さんの横で、まひるは料理については何のコメントも出さなかった。平井さんが気づいているのかいないのかはわからない。彼が自分の仕事についてや、つけているテレビについて何か言ったときには、いつもより若干はしゃいだ声で反応し、彼の肩や膝に触れるまひるは、わたしから見ても、切なくなるくらいの思いを抱えていた。まひるは本当に平井さんが好きなのだ。

食事を終えてから、彼が持ってきたスパークリングワインで乾杯して、同じく持ってきたチーズをつまんだ。クリームタイプのチーズも、ハードタイプのチーズも、驚くほどおいしかった。彼が持ってくる食べ物はいつだって高くておいしいものだ。おいしいー、とはしゃぐまひるは、食事中よりも平井さんに接近していて、右半身を、完全に彼に委《ゆだ》ねていた。彼は特に気にしていないようだった。なぜだか、恋愛というよりも、介抱という言葉のほうが近いように感じた。もちろんまひるには言わない。喉《のど》を滑り落ちていくワインは甘すぎず、さらりとしていた。炭酸の飲みやすさも加わって、どんどん飲んでしまう。ワインについては、まったく詳しくないけれど、味が値段に比例する部分が大きいのだろうな、と思う。ラベルを見て、フランス産であることを知る。

「バイトは順調なの」

平井さんがわたしに訊ねた。平井さんに直接話しかけられたのは、今日初めてかもしれない。少なくとも、お互いの目がしっかり合ったのは、初めてのような気がする。まひるは、顔を平井さんの左肩に押しつけているので、その表情は確認できない。まあまあです、と答えた。常に意識しているわけではないけれど、わたしは平井さんに対して、敬語交じりの話し方をする。

まあまあか、と平井さんが言うので、ペットフードの違いに詳しくなったかもしれない、と付け足した。平井さんは笑った。初めて一緒に食事をしたときからそうだったけれど、彼はよく笑う。

「音楽かけようかな」

提案というよりも独り言に近い感じでわたしは言い、立ち上がった。ニュースを伝えているテレビを消して、オーディオの電源を入れる。ちょっと悩んでから、まひるの好きな女性アーティストのアルバムを選んだ。まひるが、顔を彼に押しつけたままで、あ、と声をあげる。わたしもわりと好きなアーティストだ。わたしとまひるの趣味が一致するのは、すごく珍しい。一曲目は、長い夢というタイトルで、以前CMにも使われていた曲だ。会話の邪魔にならないくらいの音量に調節したけれど、一番が終わるまで、誰も言葉を発しなかった。沈黙を破ったのは平井さんだ。

「今度、桃食べようか」

思わず、桃、と訊《き》きかえした。まひるの声と重なった。平井さんは、そのことにまた少し笑う。

「時々、福島の友だちから送ってもらってたんだけど、いつも余らせて腐らせちゃうから、この数年は断ってたんだ。でも、食べるならまた送ってもらうよ」

食べたーい、と嬉しそうな声をあげたのはまひるだった。まひるの声の明るさは、雑貨屋の店長のような媚びではなくて、子どもっぽさを感じさせる。そっちはどうなのだと訊くような彼の表情に促され、わたしもうなずく。桃は好きだし、余ればジュースにしてしまってもいいな、と考えを巡らせながら。平井さんは満足げな微笑みを浮かべる。

「ごめん、ちょっとトイレ行ってくる」

平井さんが、ゆっくりとまひるの体を離し、立ち上がる。まひるは何か言いたげに彼を見てから、しばらく手をつけていなかったグラスを取り、ワインを飲んだ。途端に退屈そうな表情を見せている。何の気なしに見ていると、まひると目が合い、気まずさを憶えた。まひるはほんの少し口角を上げた。笑う、というよりも、口元を引き締める、という感じで。わたしは気まずくなって、口を開いた。

「ワイン、おいしいね」

うん、と答えたまひるは、もうわたしのほうを見ていなかった。

平井さんが早く帰ればいいのに、とわたしは思う。それはすなわち、まひるをとても悲しませることであるとわかっているけれど、まひるにとってもそのほうがいいんじゃないかとさえ思った。


わたしがこの家に来て、半年ほどが経つ。平井さんと初めて食事をした二週間後には、このマンションに引っ越していた。何から何まで現実味がないまま、ただ家賃がかからないことにひかれての、軽率で無計画な行動だった。もしも難しければ、また出ていけばいいだけだと思っていた。失うものもさしてなかった。今でもそれは変わっていない。

もちろん事前に、平井さんからまひるの話は聞いていたし、まひるにしても同じだったはずだけれど、初めてまひるに会ったとき、わたしはひるんだ。わたしを見る彼女の目には、明らかな敵意が宿っていたからだ。平井の彼女です、とまひるは言った。言い方から、そう言おうと決めていたのであろうことが伝わってきた。平井、という呼び方は、どことなくぎこちなく、口に馴染んでいなかった。

まひるはとても可愛かった。百人いたら、九十五人が、可愛い、と思わず口にしてしまうくらいの可愛さだった。くっきりとした二重の目はくりっと丸く、柔らかそうな髪の毛と同じ、淡い茶色をしていた。すっと筋の通った鼻や、つやつやの唇は小さめで、小さい顔にバランスよく配置されている。襟《えり》や袖から覗《のぞ》いている肌は白く、手首がとても細かった。背は、百五十八センチのわたしよりも、少しだけ高い。近くにいると、甘い匂いがした。

まひるが以前、雑誌の読者モデルとして活躍していたことも、平井さんから聞いていた。実物を見て納得した。身長がもっと高かったなら、読者モデルではなく、プロのモデルとして活動することになったのではないだろうか。

平井さんもまひるも、はっきり口にはしなかったけれど、わたしの使う部屋は、以前も誰かが使っていたらしかった。きっと何度か、同じことが繰り返されているのだろう。まひるがここに住んでもう数年になることは、平井さんに聞いていたけれど、まひる自身もまた、そのことを会話に織り込んできた。どうせあなたはすぐ出て行くんでしょうけど、というニュアンスが言外に含まれているのは、さして敏感でないわたしでもすぐにわかった。

乾燥機能も付いた浴室の使い方、備え付けの外国製の洗濯機の使い方、壁一面が収納になっている小さな部屋は、書庫代わりとなっていて、ここにある本は自由に読んでも構わないこと、などをまひるは説明してくれた。本当は説明なんかしたくないのだという態度を、一切崩すことなく。わたしはただうなずきながら説明を聞いた。

与えられた部屋には、ベッドとテーブルと小さめのテレビくらいしか置いてなかった。テレビはテレビ台に載っていた。ベッドの上には、まだ袋に入った新品のシーツや布団があった。平井さんが用意したのだろうことはすぐにわかった。細かい緑の水玉が入ったシーツと、お揃いの布団や枕カバーは、平井さんが普段着ている洋服の趣味を連想させた。こないだまでわたしが勤めていた雑貨屋の商品としても使われていそうなものだった。

クローゼットは備え付けのものを使った。もともと洋服はほとんど持っていなかった。もっとも、洋服にかぎった話ではない。本もCDも食器も、わずかなものしか持っていなかった。布団もテーブルも、引っ越しのときに処分していたので、わたしが持ってきた荷物は、大きめのスーツケースにおさまる程度のものだった。

与えられた部屋のベッドに腰かけながら、わたしは拾われたのだな、と思った。拾われたなどという言葉を思い浮かべたのは、そのときが初めてだったけれど、驚くほどしっくりときて、体が軽くなった気すらした。わたしには持ちものも失うものも、過去も未来もちっともなかった。気軽に拾われるような存在だった。

最初の一ヶ月、まひるはわたしなどいないようにして過ごしていた。リビングで居合わせても、洗面所ですれ違っても、わたしのほうをまるで見なかった。

まひるの態度は、攻撃というよりも、防衛なのだということがわかっていた。自分からまひるに話しかけることはしなかった。

態度が急変したのは、わたしが今のバイト先であるホームセンターに勤めだしてからのことだ。それは確かに、急変といっていいくらいの、突然の大きな変化だった。多分、わたしが勤めだしたことで、しばらくこの部屋に住みつづけるつもりなのだと判断したのだろう。

呼び方が、橋本さんから奏絵ちゃんに変わり、自分のことはまひると呼んで欲しいと言った。わたしが料理を作ると、何作ってるの、と話しかけるようになり、平井さんに会うために外出した際には、時々、おみやげと称して、小さなお菓子やボディソープをプレゼントしてくれるようになった。

戸惑いを憶えたし、正直、無視されているくらいのほうが気楽でよかったけれど、まひるの必死さを無下《むげ》にできるほどの勇気や根性もなかった。受け入れることしかできなかった。

少ししてから、平井さんが、わたしとまひるが二人揃っているこの部屋に、遊びに来るようになった。まひるからお願いされたのかもしれない。わたしかまひるのいずれか、二人きりで会うときはきまって外なので、最初は慣れず、受け入れられなかった。今でもやっぱり、三人でいるときには、居心地の悪さを憶えてしまう。まひるも本当はきっと、そうなのじゃないかなと勝手に思っているけれど、本人に訊いたとしても否定するのは確実だ。

この日々が永遠じゃないことはわかっている。けれど永遠なんて、どこにもないのだから、それで構わない。わたしは、それでも心の一部で、この日常を大切に思いはじめている自分に気づく。

○

平井さんのセックスは丁寧だ。

ひびが入った焼き物を修復するような慎重さがそこにはある。セックスの間、わたしは、自分がティッシュの箱になったみたいな気持ちになる。一枚ずつ、ゆっくりとティッシュが引き抜かれていく。どんどん舞い散り、積み重なる。心地いいのか、今すぐやめてほしいのか、わからなくなってしまう。目を閉じているわたしには何も見えない。頭の中では動いているものがある。形にできない、あるいは形を次々と変えていく何かが。

今まで、少なくない数の男の人と寝てきたけれど、平井さんは間違いなく、上手な部類に入る。そのことを、彼本人もわかっているのだろうと思う。

寝たあと、平井さんはいつもより少し明るい口調になる。弱っている病人に対して、思ったより元気そうだな、と言うみたいな、どこか不自然な明るさだ。今日もそうだった。彼はわたしに提案をした。わたしの頭のてっぺんにキスをしたりしながら。

「今度、花火大会に行こうか」

「花火大会」

わたしは、初めてその単語を聞いた子どものように、それを繰り返した。腕枕は好きではない、と思いながら。

「花火、嫌いなのか」

「嫌いではないけど」

好きでもない、と思った。花火の好き嫌いについて考えたことは今までなく、たった今が初めてだと、質問されて気づいた。花火大会に最後に行ったのは、いつのことだろう。思い出そうとして、すぐにあきらめた。取り出せないほど遠くで深く沈んだ記憶に違いなかった。

「見やすいところがあるんだよ。人も全然いないし。三十日の花火大会」

得意げに平井さんが言う。場所について詳しく語らないのは、詳しく聞いてほしいからだろうとわかったけれど、質問よりも先に、言わなければいけないことがあった。

「ごめんなさい。三十日は無理」

「どうして」

平井さんは驚いた顔をした。まったく隠そうとしない、あまりに強い驚きに、裏切ったような気持ちになった。彼の提案に反対したのは初めてのことかもしれない。わたしは自分の顔を、平井さんの鎖骨より少し下に押しつけながら言った。鍛えているわけではないけれど、硬い体。わたしのものとはまるで違う。

「棚卸しなの」

え、と言ってから、平井さんは少し笑った。棚卸しなんてやるの、と言う平井さんの声は、おもしろさを感じている様子が含まれていて、わたしも自分が棚卸しという言葉を口にしたことが、なんだかおもしろくなった。棚卸し。

「わたしも知らなかったんだけど、やるみたい」

「そんなの、できるのか」

茶化すような言い方だった。わたしは、多分、と答える。もっとも、棚卸しがどういったものなのか、実際はまだわかっていない。人生で初の棚卸し。

「でも、まあ、棚卸しじゃしょうがないか。花火見たかったけど」

「ごめんね。棚卸しだからね」

わたしたちはもう、棚卸し、という単語そのものをおもしろがっている。無敵の言い訳みたいに思えた。棚卸しじゃしょうがない。

「花火は、また今度だな」

平井さんが残念そうに言う。わたしは、まひると行ったら、と言いかけてやめる。平井さんがそうしたければそうするだろうし、どちらにしても、わたしの言うことじゃないのだ。

「花火、見たかったな」

わたしも残念そうな声を出して言った。自分が花火をどのくらい見たいと思っているのか、やっぱりよくわからないまま。最後に見た花火の色や形を、そもそもいつ見たのかを、きちんと思い出せないまま。

平井さんは、まひるを花火大会に誘うだろうか。そうすればいいのにと思うけれど、そんなふうに思うわたしの心は、きっと彼女を傷つけるだろう。

棚卸しとは、ずいぶん大がかりなものなのだと知ったのは、当日になってからだ。いつもよりも多くの人が出勤し、普段は夜十時の閉店時間が午後五時となり、にもかかわらず作業終了は、深夜になるだろうということだった。

作業自体は、棚にある商品をスキャンし、個数を入力していく単調なものだ。二重のスキャンや数え間違いを防ぐために、作業は二人一組で行われる。わたしがペアを組んだのは、アルバイトの高校生の男の子だった。彼の名前が亀田であることを、名札を見て、こっそり確認した。橋本さんよろしくお願いします、と彼はわたしの名札を見ることもなく言った。

わたしたちの担当は、ペット用品コーナーになった。他のコーナーよりは、若干数が少なめらしいけれど、それでも相当ありそうだ。間違えてしまわないか、不安になる。

作業が始まるまでには、少し時間があった。

「棚卸しは、初めてですよね」

亀田くんが言い、わたしはうなずいた。

「おれ、二回目なんで、スキャン担当します。橋本さんは、数のチェックお願いします。

あ、おれももちろん数えますから」

「え、いいの。というか二回目なんだね」

「そうですね。去年もバイトしてたんで。ほんとは高校生は仕事が深夜までかかるからNGらしいですけど、こっそりまざらせてもらってて」

ということは、彼は高校二年生か三年生なのだろう。わたしは自分が楽なほうの仕事を担当させてもらえることに安心する。

「橋本さんって、家は近いんですか」

いきなり仕事とは関係のない質問が出て、わたしは一瞬戸惑いながら、正直に答える。

「歩いて二十分くらい」

「どっち側ですか」

わたしが最寄り駅の名前を言うと、彼は驚いた顔を見せた。あのへん、家賃超高そうですよね、となぜか嬉しそうに言う。そんなことないよ、とわたしは言った。古いとこだし、と嘘を付け足して。築十年の高級マンション。

「なんか、橋本さんって、謎が多そうですよねー」

亀田くんは、妙に嬉しそうだ。わたしは首をかしげる。

「偉い人の愛人とか、そんな感じがします。あ、もちろんいい意味でですけど」

彼の言葉に、わたしは思わず笑ってしまう。いい意味でってどういうことだろうと思う。いい意味で愛人。わたしが笑ったのが、亀田くんにとっては意外なようだった。そんなことないよ、と否定したところで、フロアリーダーからの集合の合図が耳に飛び込む。

「すみません、変なこと言っちゃいましたね」

小声で謝る亀田くんに、ううん、と同じような小声で返す。

きっとこの子には彼女がいるのだろうな、と思った。こんなふうに年上の人に対して、気負うことなく話をする態度を見ていて、そう思った。軽くセットされた髪も、けしてやりすぎない程度に整えられている様子の眉《まゆ》も、彼が学校で、明るく人気のある男の子として存在していることの証明のような気がした。

この子が思う愛人というのは、わたしやまひるのようなものではないのだと思う。彼のイメージは、もっとシンプルな線で描かれた単純な図形だ。算数の教科書に出てくるような。わたしの状況を説明して、彼がすんなりそれを飲み込めるとは思えない。そう思うと、わけもわからず寂しい気持ちになった。

「じゃあ、行きましょうか」

そう言って、ペット用品コーナーに向かう亀田くんの背中が、新緑のように感じられた。まっすぐに、すくすくと成長した樹木。

棚卸しが終わったのは、結局、十一時半少し前だった。何人かが、終電やばい、と話しつつ、急いでロッカールームを出ていく。わたしは、歩いていくので関係ないと思いながら、ゆっくり支度を終えて外に出た。通用口を出るとちょうど、自転車を押す亀田くんがいた。あ、と声をあげると、彼もこちらに気づく。

「おつかれーした」

崩れた言い方で彼が言い、わたしは、おつかれさまでした、と返した。今日はありがとう、と付け足す。

作業は彼のおかげではかどった。彼は、二回どころではなく、もっと何回も経験しているのではないかというくらい慣れていた。ある商品のフックに、別の商品がかかっているのを目ざとく見つけ、ミスすることなくボタンを押していく。間違えてもなんとかなりますよね、と亀田くんは笑っていたけれど、多分間違いはないんじゃないかと思う。

「あー、こちらこそ。おつかれーした」

また崩れた言い方。彼はそのまま自転車に乗って、すぐに小さく、そして見えなくなっていった。夜の中で。

わたしもまた、彼とは違う方向に歩き出す。あまりに数を数えつづけたせいで、目にうつるあらゆるものを、思わず数えてしまいそうな自分がいた。街灯。自転車。マンションの窓の光。

どこかの家から、ピアノの音がしている。もう夜も遅いのに。

ショパンだ。「前奏曲七番、イ長調、作品二十八－七」。弾いているのは初心者なのだろうか。間違えこそしていないものの、リズムも不安定で、どこかあぶなっかしい。CMソングにも使われている、有名な曲とはいえ、もう何年も遠ざかっているクラシックが、ひどく馴染んだ懐かしいものに思われたことが、かえって悲しかった。曲名も間違えることなく記憶に刻まれている。振り切りたくて、今日の棚卸しを思い出す。

おつかれーした。

口の中でもごもごと、亀田くんの言葉を真似てみる。似ていない。

どのお店も閉まっている帰り道は手持ちぶさただ。チェックし忘れていた携帯電話を開くと、予想に反して、一通のメールが届いていた。

棚卸しはどうだった？

用件のないメールなんて珍しい、というか、初めてのことかもしれない。返信ボタンを押してから、わたしの指が動きを止める。なんて返せばいいのだろう。

なんとかできました。

打ってみると、あまりにひねりのない感想だった。そしてひらがなだけが並んでいるところが、小学生の作文みたいだった。もう一文付け足す。

ところで、わたしって愛人っぽい？

読み返してみて、すべて消した。携帯電話をしまいこむ。ピアノの音は遠ざかっているけれど、まだ耳に届く。今日はタクシーに乗ってしまおうかなと思った。


「花火しようよ。この夏の思い出に」

三人での食事を終えて、食後にバラの香りがする紅茶——平井さんがどこかからいただいたのだという、きっと高価であろう外国の紅茶——を飲んでいたら、まひるがそう言い出したので、わたしはちょっとひやりとした。発言の口調と内容で、まひるが花火大会に誘われていないことがわかったから。さらに言うと、わたしだけが誘われたことがバレたような気がした。ただ、もしそうなら、まひるはこんなに遠まわしな言い方はしないということも知っている。もっと正面から、わたしを問い詰める。きっと、彼のいない場所で。

「花火？」

そう言う平井さんの口調はいつも通りだ。さすがだな、とわたしは思った。ただ、見習いたいとは思わない。

「花火。実は買ってきたの」

そう言って、まひるが自分の部屋に向かうあいだ、わたしたちは目を合わせる。眉をひそめながら、彼が小さく笑ったことで、平井さんも、一瞬ひやりとしていたらしいことがわかった。

「これー」

いつもよりも大きな声でまひるが言い、わたしたちは同じタイミングでそちらを向く。想像していたよりもずっと大きなサイズの袋に入った、詰め合わせ花火を持って、まひるが笑っている。ちょっとした凧《たこ》くらいありそうだ。さらに水が入ったバケツも持っていた。火を消すためのものだろう。

「どうしたの、それ」

平井さんが訊ね、酒屋で売ってたの、とまひるが答える。酒屋と花火は妙な取り合わせだ。それに、まひるが酒屋に行っていること自体もちょっと意外だった。いつも食材の買い物は、スーパーで済ませているはずだ。買い過ぎないように、必要なものだけをわたしがメモに書き出しておくのに、結局そんなにおいしくないチョコレートやめったに使わないハーブ類などの余計なものを買ってきたりすることはしょっちゅうだけれど。

「やろうよ。ベランダでできるよね。風もそんなにないし」

提案ではなく、指示のようだった。

わたしたちはそのまま三人でベランダに出た。わたしたちはベランダに置きっぱなしにしているサンダルで、平井さんはわざわざ玄関から持ち出した革靴で。

縦に二歩、横に五歩くらいは歩ける大きさがあるベランダは、普段布団を干すことくらいにしか使っていない。テーブルや椅子を置くほどの広さではないし、洗濯物は部屋に備え付けの乾燥機を利用しているし、植物を育てる趣味はわたしもまひるもない。

「最初は派手なのにしようか。じゃあ、奏絵ちゃんはこれね」

ペンギンのキャラクターが描かれた札がついた花火を手渡される。花火とペンギンは、花火と酒屋くらい妙な取り合わせだ。

平井さんとまひるは、よじったティッシュをつけたような、同じ花火を持っている。どのくらい意識的なのかわからないけれど、わたしにだけ違う花火を手渡すまひるの幼さを、やっぱりどこかで可愛いと思ってしまう。本当はもっと、苦しまなきゃいけないのに。

「つけるね」

ライターで、まひるがそれぞれの花火に火をつけていく。タバコも吸わないのに、どこから持ってきたのだろう。火をつける彼女の表情は、真剣そのものだ。灯で一瞬照らし出された手元は、かすかに震えているようだった。

バチバチッ、と音を立てて、それぞれの花火が炎を出す。わたしのはオレンジから黄色へ、平井さんとまひるのは紫から青へ。まひるは自分の体を、できるだけ平井さんにくっつけようとしている。

「綺麗」

「うん」

「うん」

何年ぶりなのか思い出せない花火は、真っ暗じゃない夜の中で、美しく燃えつづける。

二人の花火が先に消えて、少ししてわたしの花火が消えた。バケツにそっと燃え殻を入れて、まひるが次の花火を手渡してくれるのを待つ。二本目は、みんな違う花火だった。

「やっぱり全部違うほうが、いろいろ見られて綺麗だよね」

言い訳のようにまひるが言う。わたしと平井さんは、彼女が火をつけてくれるのを待つ。また真剣な表情でライターをかざしていくまひる。点火の瞬間は、思わず息を詰めた。

さまざまな色に光り出す花火。

「綺麗」

「うん」

今度はうなずきだけで返事した。ベランダの向こうは、小さな公園を挟んで、ここと同じようなマンションが建っている。ほとんどの家に明かりがついているけれど、今こうして花火をしているのは、多分わたしたちだけだ。

わたしたちはそれから、綺麗、くらいしか言葉を交わさないまま、ひたすらに花火をやりつづけた。なんとかドラゴン、という名前がついている三つの打ち上げ花火は今度やることにして、手持ち花火を消費しつづけた。同じ姿勢のせいで腰が少し痛い。一旦立ち上がって、首や腰を回してから、わたしたちは残った花火をやることにした。最後に残った、線香花火。

「やっぱり最後だよね、これは」

まひるが花火をわたしと平井さんに手渡す。もう渡すのにも渡されるのにも慣れた。

「もう一本ちょうだい。両手でやろうかな」

「え、それは」

「絶対ダメだよ」

わたしとまひるの声が同時だった。わたしたちは笑う。

「そんなにダメなこと?」

「もう、絶対ダメ。それはルール違反。邪道。線香花火は一本だよ。ね」

まひるの言葉に、わたしはうなずく。ルール違反、という言葉をまひるが出したことが、滑稽でもあった。わたしたちはルールを守り、一本ずつ線香花火をやることにする。

もうすっかり慣れた手つきで、震えることもなく火をつけていたまひるだったけれど、線香花火に火をつけるときは、今までよりも緊張しているようだった。つけられるわたしたちも同じだ。息をつめて、炎を受け取る。

受け取ったものを、けして絶やさないように。

オリンピック聖火リレーって、こんな気持ちなのかな、と思った。かすかに揺れる小さな三つの火の玉は、儚《はかな》いけれど、ものすごい存在感だ。

「あっ」

最初に落ちたのは、まひるのものだった。続くようにわたしのものが落ちて、コンクリートの上で二つのオレンジが消える。

「だめだなあ」

得意げな平井さんの線香花火は、なぜかやけに長持ちした。小さな火の玉が出す、パチパチというわずかな呼吸音に、わたしたちは聞き入っていた。


花火をした翌日、まひるがわたしのところに泊まりにきた。同じ部屋に住んでるのだから、泊まるもなにもないと思うけれど、彼女がそう言ったのだ。初めてのことだった。ノックと同時にドアが開けられ、そこにはテンピュール枕を持ち、パステルカラーのダイヤ柄オールインワンを着たまひるが立っていた。わたしはベッドで本を読んでいるところで、そろそろ眠ろうとしていた。

「奏絵ちゃん、泊めて」

え、というこちらの言葉を聞こえなかったものとして、まひるがわたしのベッドに入りこんでくる。横になり、持ってきた枕に頭を乗せると、壁のほうに顔を向ける。

「なになに、どうしたの」

一人用にしては広めのベッドだけれど、二人で眠るとなると、やはり少し窮屈だ。わたしたちの体は、ぎりぎり離れているけれど、寝返りを打ったりしたら、すぐにぶつかってしまいそうだ。まひるの着ているオールインワンは、上が襟ぐりの大きく開いたタンクトップの形になっていて、真っ白でツルツルした背中が見えた。勝手にドキドキしてしまう。

「わたし、お風呂あがりになると死にたくなる」

ふてくされた言い方で発されるいきなりの言葉に、わたしはかなり驚いてしまった。どういうこと、と静かに柔らかく訊ねる。

「お風呂あがりって、化粧水とか、乳液とかつけるでしょう」

「うん」

「あれがいやなの。どんなブランドのに変えても、絶対にお母さんの匂いがして、思い出しちゃうの」

わたしは思わず、匂いを確認しようとした。けれど、まひるが顔をそむけているせいか、特に乳液の匂いはしない。髪からは甘い香り。同じトリートメントを使っているはずなのに、まひるの匂いのほうが甘いような気がするのはどうしてだろう。

「お母さんのこと嫌いなの」

わたしはおそるおそる訊ねてみた。虐待、という言葉を連想した。そう言われても驚かないけれど、いったいどんな言葉をかければいいのかはまるでわからない。

「逆。お母さん、すごく優しいの。いいお母さん。お兄ちゃんにもわたしにも優しくて、料理上手で、綺麗で明るくて」

まひるには兄がいるのだと初めて知った。なんとなく、納得できる話だった。けれど、母親と死がどうして結びつくのか、よくわからなかった。母親はもう亡くなっているのかと思ったけれど、今の口ぶりでは、そういうわけでもなさそうだ。

床に置いてあったリモコンを拾い上げ、天井のライトを小さいものに調節した。いつもは真っ暗にして眠るけれど、一人じゃないから、そうすることはためらわれた。

再びリモコンを床に置くと、まひるは細かく説明を始めた。

「わたしの今の歳には、お母さんはもう、お兄ちゃんを産んでたんだなあって思うと、わたし、何やってるんだろうって思っちゃうんだ。モデル続けてるってことになってるけど、実際は、平井さんにお金もらって生活して。両親二人が遊びにきたいっていうのを、なんとなくごまかして断って。わたしはごはんも作れないし、結婚もできてなくて、このままどうなっていくのかもわかんなくて」

言葉が止まったので、もしかしたら泣き出してしまうのかもしれないと思った。けれど、続いていく言葉に、涙は混ざっていなかった。ただ淡々と、まひるは話した。なんならわたしが聞いていることも、関係ないものであるかのように。

「ずっとお母さんみたいになるんだろうなって思ってた。大学を卒業して、恋人と結婚して、家をしっかり守って。でも、実際は逆なの。高校時代に読者モデルを始めて、平井さんと知り合って、そのまますずるずるここに住んで、今のわたしは何もしてない。何もできてない。こんなの、お母さんに話せない」

確かに虐待とはかけ離れた話だったけれど、いずれにせよ、なんと答えればいいのかわからない問題だった。

そうだよね、不安にもなるよね、とか、お母さんはまひるが幸せならそれでいいと思うよ、とか、いくつか言えそうなことはあったけれど、どれも的外れで無責任で、黙っているほうがずっとマシだった。わたしは仰向けになり、小さなライトで照らし出される天井を見つめていた。

「奏絵ちゃんはイヤにならないの。こんな」

言葉が途切れた。こんな、と言ってしまったことを、取り消したいのだろうと思った。こんなゆがんだ生活。こんな情けない生活。こんな間違った生活。こんな不倫生活。こんな、に続く言葉を、いくらでも当てはめられそうな生活。

「うちは、親ともそんなに仲良くないから」

わざとずれた回答をした。そっか、と言った彼女の声には安心した穏やかさが含まれていて、自分が間違っていないことを知った。

「奏絵ちゃんのベッド、いい匂いだね」

わたしよりずっといい匂いをさせながら、そんなことを言う。わたしより一つ年上なのに、全然そんな感じのしないまひる。まるで料理のできないまひる。部屋のノックがへたくそなまひる。綺麗なまひる。平井さんのことが大好きなまひる。

「おやすみ、奏絵ちゃん」

「おやすみ、まひる」

わざと名前を呼んだ。わたしは目を閉じるけれど、今夜のわたしたちには、なかなか眠りが訪れないであろうことはわかっていた。甘い香り。

○

この部屋の乾燥機は硬い音が鳴る。

ブー、ブー、ブー、という無機質なブザー音だ。丸い扉の上には、メーカー名が表示されているけれど、読み方はわからない。以前平井さんから、ドイツ製だと聞いた気がするけれど、単にわたしがそう思いこんでいるだけかもしれない。

中から取り出した洗濯物はそう多くない。少し熱くなっている。どれもしっかりと乾いているようだ。自分の部屋に戻り、それらを畳みはじめる。部屋着にしている黒いワンピースは、今夜から着るので、畳まずにハンガーにかけておく。五分もしないうちに、すべてを畳み終えた。

洗濯するのは今日二度目だ。一度目は、タオルやバスタオルを洗った。洋服よりもタオル類を洗うことのほうが多い気がするのは錯覚じゃない。まひるはいつも、お風呂から出る際に、二枚のバスタオルを使う。髪用と体用だ。髪のトリートメント剤が体につくと、背中にできものなどができてしまうから、分けて使ったほうがいいのだという。実際、わたしにも何度もそう勧めてきた。白いのが体用、色物のが髪の毛用。

わたしが使っているのは、色物のバスタオルだけだ。それでまとめて体も拭く。時々まひるは、そのことでわたしに注意をするけれど、タオル類の洗濯はほとんどわたしがしている状況を踏まえると、納得のいかない気持ちにもなる。

もっとも、洗濯はたいして手間じゃない。洗濯機も乾燥機も全自動で、ボタンを押すだけなのだから。いつもたいした量にはならないので、畳むのもそう手間ではない。まひるはしょっちゅう洗濯物をためこみすぎるようで、一回じゃ入りきらない、とか、乾燥機でも全然乾かない、とか文句を言っているのを目にする。一つ一つ数えたわけではないけれど、まひるはものすごい量の洋服を持っているから、頻繁に洗濯しなくても、着るものに困ったりはしないのだ。

まひるの部屋には、この家で唯一のウォークインクローゼットが付いている。わたしの部屋のクローゼットよりずっと大きなものだけれど、彼女の服はそこだけにおさまっていない。書庫代わりとなっている小さな部屋の片隅にも、パイプハンガーが置かれていて、そこにはさまざまな色のコート類やジャケットが吊るされている。ただし、それらが着られることはほとんどない。何着か盗まれたり、突然なくなったりしたって、まひるはすぐに気づかないと思う。それでもまひるが、それらを捨てるなんて話をしたことは一度もないし、きっと考えもしていないだろう。わたしにしても、別に自分のスペースが侵食されているわけではないので、特に気にしていない。

数少ない服をしまい終え、ゆっくりと支度を終えて、昼食代わりに昨夜の残りのスープを飲んでから、バイトに向かう。今日はまひるの姿を見ていない。まだ眠っているのだろうか。

基本的に食事はまひると一緒にとっているけれど、ごくたまに、相手の気配を感じないときがあって、そういうときは何も声をかけずに一人で食事をとる。まひるが部屋で何をしているのかは知らないし、そもそも部屋になんていないのかもしれない。単に眠っているだけのような気がするけれど、確かめたことはなく、特に文句を言われたこともないので、そのままにしている。今日も、結局まひるの姿を見ないまま、家を出ることとなった。

相変わらず暑い。夏なんて終わらないような気がしてくる。このままずっとずっと夏が続く。それならそれで、いいかもしれない。

自転車に乗った男の子たちとすれ違う。三人組だ。きっと小学生だろう。うるせーよおめー、ちげーって、おれほんとに見たんだってー、とそれぞれが思い思いに話している。子どもの声特有の響き。すれ違ってしばらくしてもまだ、ひゃははは、という笑い声が耳に届いた。夏を満喫している男の子たち。

到着したバイト先で、意外な人に会った。亀田くんだ。着替えを終えて、売場に出ようとしていると、同じようにもう片方のロッカールームから出てきた彼と鉢合わせした。

「あれ」

「はよざいまーす」

声が重なった。慌ててこちらも、おはようございます、と言う。そのまま話しながら売場に向かう。

「どうしたの、こんな時間に」

「あー、なんか、人が足りてないみたいで、頼まれちゃいました。俺もちょうど夏休みだし、あいてたんで」

「そうなんだ。一時から六時？」

「いや、ラストまでです。ニマル入りますけど」

ニマル、とは休憩のことだ。わたしのシフトには入っていないので、その言葉を使ったことはないけれど、聞くことは多い。

「長くて大変だね」

「ねみーっすよね。でも、金稼ぎたいんでよかったです。あ、そうだ。ちょっと見てもらっていいっすか」

そう言うと亀田くんは、黒いパンツのポケットから携帯電話を取り出し、操作しはじめた。勤務中に携帯電話を操作することは禁止されているし、そもそも持っていることもよくないはずなのだけれど、そんなことはまるで気にしていない様子だった。もちろんわたしにしたって、注意する気など毛頭ない。

「これ、キャメルとレッドだと、どっちがいいと思いますか」

言いながら、二枚の画像を見せられた。どちらも同じ形のバッグだった。女性物だ。レザーっぽい見た目で、前面に二つのポケットが付いている。取っ手をつないでいる部分の金具はゴールドだ。プレゼント、とわたしは訊ねた。

「彼女、来月誕生日なんですよね。付き合って初めての誕生日だし、やっぱそれなりのものあげたいなあって。しかも、内緒なんすけど、俺の彼女、年上の大学生で。三年なんすけど」

聞いていない部分まで嬉しそうに教えてくれた亀田くんに、わたしなら一枚目がいいかな、と言った。キャメルのほうだ。

「わ、超ありがとうございます。橋本さん、彼女と歳近いし、参考にします」

そう言うと、亀田くんは自分の担当するレジへと急ぎ足で向かって行った。わたしも同じように、自分の担当するレジへ行く。

そうか、歳近いのか、と考えていた。大学三年生ということは二十歳か二十一歳。確かに二歳か三歳しか違わない。

それでも、会ってもいない亀田くんの彼女は、わたしとは明らかに違う場所にいるのだろうと思った。年齢の問題じゃないのだ。見えないけれど確実に存在するライン。亀田くんと彼女は、同じ場所でニコニコと並んで立っているのだろう。

「レジあげ終わりました。おつかれさまでーす」

この人の名前はなんだったっけ、と思いながら、おつかれさまです、と返す。

今日もお客さんはそんなに来ないだろう。ふっと亀田くんがいるレジを見ると、彼もたまたまこちらを見ていた。ファッション誌からコピーしたような笑顔を向けられて、こちらが恥ずかしくなってしまう。だからといって、不快とは思わなかった。ここにも、夏を満喫している男の子がいる。

数日、冷え込む日が続いた。夏は終わらないどころか、いきなり遠くに飛び立ってしまったような気候だった。太陽の姿は見えず、たまには雨も降った。夜に半袖でいると、肌寒さを覚えるくらいだった。なんなのこの天気、とまひるは少し怒ってさえいた。けれどやっぱり夏は終わってなんかなくて、放蕩《ほうとう》息子みたいに悪びれることもなくひょっこり帰ってきた。平井さんが桃を持ってきたのは、そんな日だ。

平井さんが家にやってくるとき、彼は必ずドアチャイムを鳴らす。合鍵は持っているし、エントランスはその鍵を使って入っているのだから、そのまま部屋のドアだって開けられるけれど、彼はそうしない。律儀なのかなんなのかはよくわからない。

チャイムが鳴ると、まひるは嬉しそうに玄関に飛んでいく。走っていく、というよりも本当に、飛んでいく、という感じで。はーい、と明るい声をあげて。彼が来るとき、わたしはたいてい台所にいて、食事の支度をしている。廊下とドアを通り、台所とつながっているリビングに現れるときの平井さんは、ほぼ百パーセントの確実で、まひるとと腕を組んでいる。もっと正確に言うなら、まひるに腕を取られている。

「こんばんは」

「こんばんは」

こちらに視線を向けた平井さんと、結局そんな言葉を交わす。家の中で交わす言葉として、こんばんは、はなんとなく不似合いに感じるけれど、他になんて言っていいのかわからない。まひるはいつも、玄関のドアを開けるとき、どんな言葉をかけているのだろう。

「今日、いいもの持ってきたんだ」

まひるとわたし、どちらに向かってともとれるような声量と言い方で、平井さんは手に持っているビニール袋を掲げた。気づいたのはまひるだった。

「わかった！　桃でしょ！」

「当たり。早いな」

彼がビニール袋を台所へと持って来たので、わたしはそれを受け取った。中には白いネットに包まれた五つの桃が入っていた。わずかに白の混じったピンクの果皮。鼻を近づけてみると、甘い匂いを放っていた。

「これって冷蔵庫かな。このままかな」

「食べる数時間前に冷蔵庫だから、入れたほうがいいよ」

平井さんに聞いたつもりが、答えたのはまひるだった。まひるがもっともらしいことを言うなんて珍しい、と思いながら、わたしはその言葉に従い、ビニール袋から桃を出して、冷蔵庫に入れた。

夕食はビーフシチューにした。寒い日が続いていたので、ビーフシチューが食べたいと思っていたのだ。暑くなったので、タイミングを逸した感があったうえに、市販のルーに赤ワインやトマトジュースをちょっと足しただけで、後は圧力鍋まかせの手抜き料理だったのだけれど、平井さんは、うまい、店が出せる、と絶賛してくれた。まひるは料理については無言で、平井さんの近況について聞きたがってばかりいた。昨日、まひるると平井さんは二人で会ったばかりだというのに。

食事をとりながら、桃の話をした。話といっても、桃楽しみだね、おいしいかな、とまひるが言い、平井さんが、おいしいよ、といったようなやりとり。わたし、果物の中で桃が一番好き、とまひるが言った。初耳だった。言われて、自分が果物の中で一番好きなものを考えてみた。巨峰《きょほう》か梨、というところまで絞って決めきれず、どちらにしても口にはしなかった。黙ってビーフシチューを食べつづけた。

食後に、以前平井さんが京都で買ったというほうじ茶を淹《い》れた。この家には、お茶もたくさんあるのだ。

それから桃を切ろうとした。冷蔵庫から出し、ネットを外していると、まひるに、何してるの、と訊ねられた。いつもよりちょっと強い口調だった。そもそも、平井さんがいるときに、まひるが直接わたしに話しかけるなんて珍しいことだ。

「桃、まだ食べない?」

「桃は包丁で切っちゃだめだよ」

「え」

強い言い切りに戸惑った。まさにまな板と包丁を用意しようとしているところだったからだ。

「手で剝《む》いたほうが絶対においしいよ。桃は」

自信と確信に満ちた言い方だった。真剣だった。

「でも、ベタベタになっちゃうよ」

わたしはそう言った。実際、包丁で切ってしまったほうがずっと楽だ。じゃあいい、とあっさり引き下がる気もしたまひるは、ところが余計に自説を強めた。

「だめ、手じゃないと。待ってて、準備するから」

そう言うと立ち上がり、リビングを出た。わたしは思わず平井さんを見つめた。平井さんは、首を斜めにかしげながら笑みを浮かべた。まあ、言うことを聞こうじゃないか、と語る笑みだった。

「ごめんね、これで足りるかな」

戻ってきたまひるが持っていたのは雑誌だった。よく見るとファッション誌だ。準備って、と思っているうちに、まひるは一冊を開き、何のためらいも迷いもなくページを破りはじめた。

「この上で食べれば、たれても大丈夫だよ」

破ったページを、テーブルの上に置いていく。どうやら準備というのは、汁がたれてもいいようにするための準備らしい。わたしは桃と手ふきを運んだ。テーブルの上に置かれた《一週間着まわしテクニック　もうマンネリファッションなんて呼ばせない》という見出しのページが目立っている。わたしたちはさっきまでの食事のときと同じように、席についた。平井さんとまひるが隣同士で、その向かいにわたし。

中央に置いた桃を一つずつ手に取り、皮を剝きはじめる。すっと剝けるところと、なかなかはがれない部分がある。

「手でもんで、柔らかくしてから剝くんだよ」

わたしが苦戦しているのを見て、まひるがそうアドバイスしてきた。まひるにアドバイスを受けるなんて。半信半疑で、言われるままにやってみると、確かにさっきよりも剝きやすい。まひるは、ほらね、と得意げに微笑んだ。

皮を剝いては、ページの上に躊躇《ちゅうちょ》なく落としていく。モデルたちの顔がどんどん見えなくなっていく。汁がにじむ。汁はページだけじゃなく、わたしたちの指や手を濡らしていく。いくら拭いてもキリがない。べたべたになっていく手をあきらめつつ、なんとか皮を剝き終えようとする。

最初に皮を剝き終え、果肉をかじったのは、まひるだった。

「あまーい」

大げさにも思えるくらいの嬉しそうな声。おいしいー、とさらに言って、笑顔を平井さんに向ける。わたしから見ても、はっとするような可愛さだ。

その後で、平井さんとわたしが続いた。白い果肉に歯を立てる。さっきからあんなに汁を手にしたたらせているというのに、まだ充分すぎるほど水分が残っている。じわっと口の中に広がっていく甘い液体。甘い。そして、おいしい。

「おいしい」

独り言として発した言葉に、平井さんが満足そうにうなずいて、言った。

「な、桃、うまいだろ」

いつもよりも乱暴な口調だった。そしてそれは、妙に父親っぽかった。そう思うと、この光景そのものが、家族の光景であるかのように錯覚してくる。まひるとわたしは、平井さんにとって妻でも娘でもなく、姉妹でもないのに。

「桃って、名前も可愛いよね。小学校の同級生に、桃って名前の子がいて憧れてた。みんなに桃ちゃんって呼ばれてて。その子、すごく食べ物の好き嫌い多くて、果物はほとんど食べられなかったんだけど。それに顔は可愛くなくて、桃っていうより、野菜とかそんな感じだった。長ネギとか」

「長ネギって、ひどいな」

「ううん、本当にそんな感じ。見せたかった。背も高くって、ひょろっとしてたからかな。ショートカットで、後ろから見ると男の子みたいなの」

まひるは笑いながら同級生の話を続けている。平井さんも笑っている。わたしは何も言わなかったけれど、なんだか楽しい気持ちになっていた。長ネギに似ている、可愛くない桃ちゃん。果物が食べられない桃ちゃん。わたしたちのことを何も知らない桃ちゃん。桃ちゃんは、今どこで何をしているんだろう。

部屋中に甘い香りが満ちていく。残った二つの桃は結局、平井さんとまひるが食べた。さらに、まひるが少し残した桃を、わたしが食べた。大きな種の周りの果肉までしゃぶりついて食べつくすと、満足感と奇妙な背徳感をおぼえた。手についた汁は、手ふきでは拭いきれず、洗面台で洗い流した。

「また来年も持ってくるな、桃」

平井さんが言った。まひるは、楽しみ、と言った。来年もここで三人で桃を食べるのかと思うと、不思議な気持ちになった。


ある日の朝、まひるのノックで起こされた。そんなことは初めてだ。ノックの音が、夢と現実の境目で鳴って、次の瞬間には、奏絵ちゃん起きて、と体を揺すられていた。状況がつながるまでに、時間を要した。

「なに、なに、どうしたの」

「遠足に行こう。もう夏も終わるから」

意味がわからなかったのは、寝起きだったせいだけじゃないと思う。遠足。夏も終わる。唐突すぎる言葉に、返事をできずにいると、まひるは、もう、と不満をあらわにした。

「奏絵ちゃん、ちゃんと起きてよ。今日は火曜だし、バイトも休みでしょう」

わたしがバイトに行く曜日を、まひるが把握していた事実にちょっと驚きながら、遠足ってどこ、とわたしは行った。

「織野川公園。いい天気だし、きっと気持ちいいよ」

織野川公園は、いくつもの彫刻や噴水やアスレチックスペースなどもあって、とにかくだだっぴろい公園だ。一度だけ行ったことがある。けれど、ここからなら、電車で一時間半以上はかかるだろう。

「いや。遠すぎる」

わたしははっきりと断った。まひるは怒るかと思いきや、泣きそうな顔になり、言った。

「四十過ぎのおっさんとセックスはしても、わたしとは遠足に行ってくれないの」

一瞬、言葉を失った。めちゃくちゃな論理よりも、そもそもの内容に戸惑った。四十過ぎのおっさん、とは、平井さんのことだろう。彼のことをそんなふうに言ったのも意外だった。

わたしは黙り、まひるも黙っていた。ただじっと、お互いの顔を見つめ合った。まひるは、傷ついた表情を浮かべている。わたしが悪いことをしてしまったのだろうか。顔を見たままで言った。

「……行くよ。けど、二度とそんな言い方しないで」

「わかった。ごめんなさい」

拍子抜けしてしまうほど素直に、まひるの口から謝罪の言葉が出た。もうそれ以上、何も言うことができなかった。

「お弁当作ろう。遠足だから」

まひるはいきなり明るい口調になって、部屋を出る。気乗りしないまま付いていく。

台所には、買った覚えも、まひるに買っておくように頼んだ覚えもないものが並んでいた。食パン、ピーナッツバター、のり玉ふりかけ、トマト、ツナ缶、コンビーフ、梅干し……。どうしたの、これ、とわたしは言った。

「わたしがおにぎり作るから、奏絵ちゃんはサンドイッチ作って」

置いてあったエプロンを身につけながら、まひるは当然のことのようにそう言った。リビングの時計で時刻を確認すると、まだ六時四十分だった。まったく、めちゃくちゃだ。

それでもわたしはサンドイッチを作りはじめた。まひるが買ってきた六枚切りの食パンは三袋もあった。遠足に行くのは、わたしたち二人だけのはずなのに、いったい何を考えているんだろう。わたしはヤケになって、卵サンド、ツナサンド、ピーナッツバターサンドなど、たくさんのボウルや食器を使って、思いつくものを片っ端から作っていった。

まひるはまひるで、昨夜の残りのごはんを使って、海苔がバランス悪く巻かれた、形も大きさも不揃いなおにぎりをいくつも作っていた。ごはんって結構熱いね、と文句を言う。

まひるの表情は、ひどく真剣だ。慣れない手つきながらも、一つ一つの動作をこなしていく。

「ねえ、絶対こんなに食べられないよ」

作りはじめる前から感じていた疑問を口に出すと、まひるは自信満々に答える。

「そんなことないよ。食べられるって」

絶対に嘘に決まっている言葉に、わたしは思わず苦笑いしてしまう。きっと後で、少し多いね、なんてしゃあしゃあと言うに決まっている。夜も同じメニューになるだろうけど、それでも食べきれるだろうか。

「バレンタインを思い出すね」

少々唐突に思えるまひるの言葉に、即座に反応できなかった。まひるが手を止めて、黙っているわたしを不思議そうな顔で見る。そのままの顔で質問された。

「チョコとか作らなかったの？」

バレンタインの意味するものがようやく結びつき、わたしは、作ったことないかも、と答えた。まひるは眉間《みけん》に皺《しわ》を寄せ、さらに驚きの表情になった。

「わたし、毎年作ってたよ。友だちにも好きな子にも。お母さんとこうやって、台所に並んで」

出てきた単語に、お母さんを思い出して死にたくなる、と言っていた、この間のまひるを思い出して構えてしまう。

「懐かしいな」

まひるは再び作業に戻る。明るくて、どこか寂しい言い方だった。もう二度と戻れないと言っているかのような。

「来年は一緒に作ろうか。チョコ」

励ましたかったわけじゃないのに、わたしの口は勝手に動いていた。まひるはおにぎりを作りながら、うん、と短く答えた。平井さん喜ぶかな、と言うので、今度はわたしが、うん、と答えた。本当はわからない。喜ぶのか困惑するのか。来年のバレンタインも、この部屋の台所でこうして並んだりするのか。

お弁当作りと、まひるの着替えに時間がかかり、家を出たのは九時半過ぎだった。もう眠さはどこかに飛んでいた。途中で一度、快速電車に乗り換えた。通勤快速、という名前を、なんだかちょっと奇妙に感じるのは、わたしが通勤に縁のないせいだろうか。

電車はすいていた。ガラガラということはないけれど、座席にはまだ余裕があった。

夏休みなので混んでいるかと思ったけれど、みんな必死に、宿題のラストスパートにとりかかっているのかもしれない。

電車の中では、ほとんど一方的にまひるがしゃべっていた。織野川公園に最後に行ったのは去年の春で、そのときは平井さんと一緒だったということ。二人で見た桜が、ものすごく綺麗だったこと。平井さんがボートをこいでくれたこと。平井さんがアスレチックの丸太飛びに挑戦したこと。

どれも、まひると平井さんのつながりの深さや愛情の濃さを示すためのエピソードだった。そうなんだ、くらいしかわたしには言うことがなかった。まひるは少々不満そうだった。やがて、まひるは平井さんの話をやめた。そのまま黙って二人で外を見ていた。流れていく景色。まひるがぽつりと言った。

「快速電車、好き」

意外な一言だった。好きなの、とわたしは聞いた。

「うん。なんか頼もしい感じがする。ホームで待ってる人がいるのに、全然相手にしないで、何駅も平気で飛ばしちゃうのとか」

言葉に合わせるかのように、電車はちょうど、駅を通り過ぎていた。表情までは確認できないけれど、確かにホームに立っている人たちがいるのはわかった。

「奏絵ちゃんは快速電車好きじゃないの」

今度はまひるから質問された。考えたこともなかった、とわたしはそのまま答えた。

ふうん、とまひるがつまらなさそうに言うので、自分がものすごくつまらない答えをしてしまったように感じられた。

「頼もしいとは思ってないかな」

仕方なく付け足したけれど、つまらなさを打ち消す効果もなかった。まひるはやっぱり、ふうん、と言った。

同じ駅で降りる人も多かったので、なんとなく予想していたけれど、公園にはたくさんの人がいた。家族連れ、老夫婦、学生らしい若い人たちのグループ。

三百円の入園料を払って、チケットを受け取った。入場口で、半券と引き換えに、パンフレットを渡される。ちらっと見て、織野川公園の総面積が、東京ドーム十八個分だということを知った。

「どこに行くの」

わたしは聞いた。まひるは、どこに行こうか、と言った。てっきり、決めているものだと思っていたのに。

「とりあえずお弁当食べようよ。日陰探そう」

まひるが言った。言われたことで空腹を意識した。

ベンチがありそうなエリアを目指すことにした。歩いていく途中、わたしたちと同年代くらいに見える男の人たちとすれ違った。二人とも、あからさまにならないように気をつけながらも、はっきりとまひるを見ていた。まひるは何も気にしていない様子で、おなかへったねー、などと呑気《のんき》に言っている。

彼らの態度で、毎日一緒にいるせいで見慣れているけれど、まひるはやはり可愛いのだということを再確認した。すれ違う人が思わず見てしまうくらい。そしてまた、見られることが当たり前になっているくらい、まひるはずっと可愛かったのだ。きっと、ずっと。

ベンチはおおかた埋まってしまっていたけれど、ようやくあいているベンチを発見した。ちょうど木の陰になっていたのもラッキーだった。わたしたちは持ってきたお弁当を挟みこむような形で座った。お弁当は、明らかに食べきれない量で、広げながら笑ってしまうほどだった。

「すごいね、たくさん」

言いながら、まひるも笑っていた。だから言ったのに、と言ったわたしの突っ込みはスルーされた。

少し暑すぎるけれど、いい天気で、夏で、楽しそうな声がそこかしこから聞こえていた。鳥の鳴き声も混ざっていた。バリエーション豊かなサンドイッチと、小さかったり大きかったりするおにぎり。

まひるの作ったおにぎりは、意外と食べられた。具がかたよっていたり、塩気が全然なかったりはしたけれど、心配したほどではなかった。まひるはサンドイッチばかり食べている。おいしいねー、と嬉しそうに。

「ねえ、奏絵ちゃん」

十分もしないうちに、まひるはお腹がいっぱいになってしまったみたいだ。まだまだたくさん残っているお弁当には、完全に興味を失ったらしく、周囲をキョロキョロと見回してから、わたしに話しかけてきた。わたしは、おにぎりが口の中に残っているので、ん、とだけ短く答えた。

「わたしたちが住んでる家、平井さんの奥さんのお父さんが買ったものなんだよ。それで、平井さんと奥さんにプレゼントしたの」

この場の空気にそぐわない話題ではあったし、唐突さも充分だったけれど、驚きはしなかった。なんとなく納得できる話だった。そうなんだ、とわたしは言った。

「奏絵ちゃん、知ってたの」

わたしが驚かないことに、まひるは驚いているようだった。

「ううん、知らなかったけど」

続く言葉が思いつかなかった。まひるは一瞬、ちょっと呆《あき》れたみたいな顔になった。さらにわたしに訊ねてくる。近くに誰かがいるわけではないのに、なぜか小声になって。

「平井さんの会社のことは知ってる?」

「仕事内容ってこと?」

「ううん、そうじゃなくて。平井さんの勤めてる会社って、奥さんのお父さんが始めた会社なの」

まひるの言葉の裏側にある感情を知りたかった。責めているみたいにも聞こえるけれど、単に芸能人のゴシップを伝えるときみたいな感じもする。

「しかも、それだって半分趣味みたいなものなんだよ。税金対策として存在しているようなものなんだって。従業員もたくさんいるのに。本当は物件管理をしているだけで充分なんだって」

口調が熱を帯びていくけれど、響きはどこか空っぽだった。ゼイキンタイサク、ブッケンカンリ、どれも正しい発音なのに、外国語みたいに聞こえるのは、まひる自身がその意味を深く理解しているわけではないからだろう。そしてわたしも。平井さんの奥さんの実家がずいぶんお金持ちであることはわかったし、平井さんの仕事がさして実のあるものではないこともわかったけれど、本質的なものはわからない。

わたしはまたしても、そうなんだ、とだけ言った。

まひるは、明らかに、つまらなさそうな、ちょっとだけ傷ついているような、不本意な表情を浮かべた。同じ感情を抱いてあげられたら、あるいは理解してあげられたらいいのだろうか。

「食べ終わったら散歩に行こうね」

提案に見せかけているけれど、まひるの言葉は、もう片付けて散歩に行くよ、という合図だ。わたしは心の中で苦笑する。

「いい天気だね」

まひるが、今日何度目かの同じセリフを言う。夏休みを象徴するみたいな晴天の下で、お弁当を片付けはじめながら、ほんとだね、とわたしは言った。少し多かったね、とお弁当をちらりと見ながらまひるは言った。

○

夏休み最終日のホームセンターは混んでいる。

子ども連れの母親が多い。店内を走り回る小学生くらいの男の子たちが多く、わたしは自分が売場担当ではなくてレジ担当であることを幸運に思う。子どもは好きになれない。

竹ひご、ベニヤ板、ボタン、スケッチブック。いつもはあまり売れず、存在を忘れているようなものたちがたくさん売れていく。

レジでも子どもたちは落ち着きがない。あんたが宿題で必要だって言うんでしょう、と叱るお母さんを今日だけで何人も見かけた。みんな違う人のはずなのに、同じように見える。

宿題とも自由研究とも無縁な生活を送るようになってずいぶん経つ。そもそも、縁があった生活を送っていたことがあったのかどうかも疑わしい。小学生のとき、何を思ってどんなことをしていたか、全然思い出せない。仲の良かった子たちもいたけれど、もう誰とも連絡を取っていない。

レジのバイトをしていて不思議なのは、混雑は突然やってきて、突然消えてしまうことだ。人が人を呼ぶということはあるのだろうか。さっきまであんなに長かった行列は、いつのまにか途切れ、いつものようにお客さんのほとんどいない店内に戻っていた。

レジを打っているときは、無心だ。いらっしゃいませ、に始まって、ありがとうございましたまたお越しくださいませ、で終わる挨拶を、何も考えずに発声している。もはや発声している意識すらないくらいだ。クレジットカードの番号も憶えた。カードごとに、異なる番号を打つ必要があり、初めの頃は、カードを出されるたびに一覧表を見ていたけれど、今はその必要がない。カードを出されれば、さっと手が動いている。このカードなら21番。このカードなら11番。この狭い空間でだけ通用する知識。

平井さんは、わたしが働くことを不思議に思っているらしい。直接バイトについて何か意見することはないものの、もしもお金が必要なら渡す額を増やしてもいい、といった内容のことを言われたことはある。わたしは断った。

まひるもまた、わたしが働くことを不思議に思っている。奏絵ちゃんは働いていてえらいね、とか、奏絵ちゃんは真面目なんだね、などと時々言う。言葉だけを取り出せば、ほめているかのようだが、そこにはむしろ非難の色が滲み出ている。言葉と裏腹なまひるの態度に、そしてわかりやすさには苦笑せざるをえない。

平井さんは、毎月わたしに（確かめたことはないけれど、間違いなくまひるにも）お金を渡してくれる。金額自体は、ものすごく高いものではないけれど、家賃がゼロであることを踏まえれば、生活するのには充分すぎるほどだ。普通に生活をしていれば、毎月少しずつでも貯金ができる程度には与えてもらっている。

平井さんにもまひるにも、わかってもらえなさそうな気がするから、直接言ったことはないけれど、わたしが働くのは気持ちを安定させるためだ。お金はありがたいけれど、それが第一じゃない。あの部屋の中だけが世界になってしまうのは、恐ろしいことに思えてしまう。少しでも、外の空気に触れておきたい。

まひるはきっと、あの部屋を温室のように感じているのだろう。実際、そうなってしまうことなんてたやすい。

「橋本さん」

背後から話しかけられ、驚いた。振り向くと、亀田くんが立っていた。そんな驚かないでくださいよー、と楽しそうに笑っている。びっくりした、とわたしは正直に言った。

今日も亀田くんは、お昼からラストまで働くらしい。さっき売場に入ったときに言っていた。

「やっとレジすきましたね。ちびっこ集団多すぎですよね。っていうか俺も、宿題やってなくてやばいんすけど」

ちびっこ集団という言い方が奇妙でおもしろかった。ただ、なんと答えていいのかわかんなくて、うん、と短く返事をした。なぜこの明るく屈託のない男の子は、やけにわたしに話しかけてくるのだろうか。

「バッグ、昨日買いましたよ。やっぱキャメルにしました」

「ああ、彼女への」

「そうです。来週あげるんで、超ドキドキですよ」

「そっか。喜んでくれるといいね」

彼女はどんな人なの、と聞いたほうが喜ぶのかと思ったけど、お客さんが来ないかどうか心配で落ち着かない。他のレジの人たちも、わたしと亀田くんが話しこんでいることを、気にしているのではないだろうか。

ちょっとだけ二人とも黙って、それから亀田くんが言った。

「橋本さんは、謎だらけですよね。私生活、超気になりますよ」

「私生活って」

つっこむべきはそこではなかったのかもしれないけれど、その言い方が変だと思った。普通だよ、とわたしが答えると、亀田くんは嬉しそうな感じを崩すことなく、じゃ俺売場戻りますねー、と勢いよく姿勢をひるがえし、早足で棚の向こうへと消えていった。

謎だらけの私生活。そんなもんじゃないのに。


九月になった。

月が変わったからといって、いきなり涼しくなるわけじゃない。和らぐ気配のない暑さに、ちょっとウンザリしはじめていた。

九月に入ってから、まひるの調子がズレ出したのを感じた。

最初は、平井さんの出張のせいだろうと思っていた。平井さんは十日ほど、仕事で福岡に出張するということで、わたしたちは彼に会えなかった。当然のことながら、食事もずっと二人きりでとった。

まひるは、日によって、ものすごく楽しそうだったり、不機嫌そうに無言を貫いたりしていた。剝きだしの不機嫌さに、わたしは少々戸惑い、興味がありそうなことを聞いてみたりしたけれど、言葉少なに答えられたり、あるいは無視されるだけだった。さわらないのが一番なのだろうと思い、わたしも無言で過ごすことにした。まひるをそもそもいないものとして、見ないようにするのは、実はさして難しいことではなかった。

平井さんが出張に行ってから八日目、その夜のまひるは、不機嫌でも楽しそうでもなかった。どちらかというと不機嫌寄りだったけれど、今までのそれとは違い、ひたすらわたしに話しかけてきた。

夕食のメニューはトマトとオクラの冷製パスタ、かぼちゃのサラダだった。ボリュームも少ない質素なメニュー。それらを食べ、おいしい、と言った後に、まひるは箸を置き、わたしのほうを見た。

「ねえ、奏絵ちゃん」

こちらを見るまひるの目が真剣で、正直、めんどくさい質問が始まりそうでいやだなと思った。それでもわたしも箸を置き、まひるを見て、なに、と言った。

「平井さんからメール来てる？」

質問は、意外とシンプルなものだった。

「来てないよ」

「ほんとに？」

「ほんとに」

嘘じゃなかった。普段から、わたしと平井さんは必要外のメールをしない。会う日時や場所をやりとりするくらいだ。絵文字も使わない、テキストだけのシンプルなメール。

まひるは、まだ何か言いたそうにこっちを見ている。

「普段からしないし」

わたしは言い足した。まひるは驚いたみたいだった。

「おやすみとか、写メールとかもしないの」

「まったくしてない」

「わたしとはしてるのに」

まひるの表情は、驚きの中に、少しだけ嬉しさが混ざっているように見えた。まひるのわかりやすい優越感がせつなく思えた。仲よしだね、と言ったなら、喜んでくれるかもしれないけれど、かえって悲しくさせてしまうかもしれない。わたしは軽くうなずいて、食事に戻ろうとした。それを止めたのは、まひるの言葉だ。

「でも、今は全然来ない。一日に一通くらいで、それもほんとに、おやすみ、とかそれだけなの。福岡楽しんでるの、とかいろいろ書いた長いメール出しても、帰ったら話すね、ってだけ。電話も一回くれただけで、すぐ切られちゃったし」

まひるの声のトーンが、泣いているように思えた。ちらっと表情を窺《うかが》うけれど、涙は出ていなかった。さらにまひるは言う。

「平井さん、出張じゃなくて、奥さんと娘さんといるんじゃないのかな。十日なんて長すぎるし」

「娘さんがいるの」

うつむいていたまひるは、こっちを見た。眉をひそめて、そんなことも知らないの、という顔をしている。

「大学生」

吐き捨てるような言い方だった。大学生……。わたしは亀田くんの彼女の存在を思い出した。橋本さん、歳近いし、と言っていた彼の言葉も一緒に。平井さんには、大学生の娘がいるのか。

想像しようとするけれど、いきなり言われたこともあり、うまくいかない。平井さんは娘の前で、どんなふうに話すんだろう。

今まで、一度として子どもの存在を気にしたこともなかった自分にも呆れる気持ちがあった。まひるはきっと既に呆れている。

「娘さんが知ったら、どう思うんだろうね」

まひるは言った。弱々しく泣きそうな、消えそうなつぶやきだった。なんて返していいのかわからない。あえて少しだけずらした答えをした。

「でも、平井さん、もともと出張多いよね」

「十日はないよ」

即答だったし、言われてみればその通りだった。いつも出張は二、三日、たまの海外出張も一週間。本当に家族旅行なのかもしれないな、とわたしは思った。思ったところで、苦しくも寂しくもならなかった。ただ、まひるが苦しくなったり寂しくなったりしていることは、悲しく思った。

わたしはまた箸を持ち、ところどころ硬くなりつつあるパスタに手をつける。まひるももう、出張の話はそれっきりしなかった。

その日の夜、またもまひるが泊まりにきた。

眠る前の習慣である、ベッドでの読書をしていると、ノックが鳴って同時に部屋のドアが開けられた。わたしは顔だけをそちらに向けた。まひるがテンピュール枕を持って立っていた。こないだとは違う、小花柄のパジャマを着ている。

「泊めて」

いやだな、と思った。読み出したばかりの本がおもしろそうだったし、邪魔されたくなかった。主人公のアルバイト先である染色工場の話に入りかけたところだった。

わたしがはっきりだめとは言えないでいるのを知ってか知らずか、まひるは慣れた感じでベッドに入りこんできた。こないだと同じように、壁のほうに顔を向けている。まひるの髪からはやっぱり、甘い、いい匂いがする。

仕方なく読書をあきらめることにして、リモコンで部屋の明かりを小さいものにする。眠気がやってくるかどうか不安だ。

「おやすみ」

まひるの髪に向かってそう言った。まひるは何も答えない。自分から来たくせに、と少しだけ苛立った。

タオルケットを、冷やさないように腹部にだけかける。まひるはすっぽりと全身を入れている。暑くはないのだろうか。仰向けで目を閉じる。一分でも一秒でも早く眠れたらいい。

読みかけの小説が、どうなっていくのかを考えてみる。二人の男が登場している。彼らがいったい、これから何をするのか、何に出会うのか。

小説のことから、いつのまにか、バイト先のことを考え、平井さんのことを考え、まひるのことを考えていた。思考が途切れ途切れになっていく。

目を閉じてから、どのくらい経ったのかはよくわからない。きっと、半分眠ったような状態だった。隣のまひるが体を動かした気配を、夢と現実の淵で感じた。トイレかな、と思った。

次の瞬間に、柔らかい感触が唇にあった。その後で、体にもちょっとした重みを感じる。

えっ、と思った。目を開ける。状況がすぐには飲み込めなかった。

まひるがわたしに覆いかぶさるようにしてキスをしている。ものすごく柔らかな唇。平井さんのよりも、多分わたしのよりも柔らかい。まひるが目を閉じているのが、小さな明かりの下でもわかった。

戸惑っていると、そのまま舌がさしこまれた。唇とは種類が違うけれど、やっぱり柔らかい。

わたしはしっかりと目を覚まし、顔をそむけた。まひるの両肩を、両手を使って自分から引き離そうとする。まひるが目を開ける。化粧をしなくても、目が大きくぱっちりとした、可愛いまひる。

「なにしてるの」

「奏絵ちゃん」

質問と呼びかけが同時で、まひるはまたしてもわたしに密着する。抱きつく、というよりも、巻きつく、という感じで。まひるの細い体には、余分な肉が全然ついていない。体温がわたしよりも低いみたいで、ほんの少しひんやりとしている。タオルケットに全身を入れていたはずなのに。

奏絵ちゃん、の言い方が切実さを帯びていたこともあり、どうしていいのかためらわれた。さっきよりもやや弱い力で、再びまひるの両肩を引き離そうとするけれど、離れる様子のないことに、もういいか、とあきらめの気持ちが生まれてしまう。

そのまま少し、まひるに抱きしめられていた。

ひんやりとしていたように思えたまひるの体が少しずつ熱く感じられ、重みも伴ってくる。そろそろまた引き離してもいいのではないか、と思っていると、まひるが体を動かした。離れるのだろうと思いきや、わたしのTシャツの裾からまひるの手が入ってきて、ブラジャーも何もしていない胸に直接触れる。

「ちょっと」

声を出すと、それを黙らせるかのように、またしてもキスされた。反射的に目を閉じてしまう。

細い指が胸にからみつく。遠慮がちにもんだり、汗ばんでいるであろう谷間をすうっとなぞったりする。

気持ちいいとは思わなかった。興奮とかそういったものとはほど遠い。ただ拒《こば》めない感じがした。断らないかぎり、それは受け入れだ。まひるの唇や手の動きは、まるで現実味のないまま、わたしはそれを受け入れていた。

少しすると、まひるの手がわたしの胸を離れ、下半身に伸びた。下着の中に手をさしこまれ、さすがにわたしはそれを制止した。がばっと起き上がる。突然はがしたわたしの唇とまひるの唇の間には、細い唾液の糸が伸びた。

「それは絶対無理」

わたしは言った。

それに対するまひるの反応は意外なものだった。笑い出したのだ。

「なんで笑うの」

「奏絵ちゃんの線引きが、なんかおもしろくて」

二人してベッドに座った体勢になって、いったい何してるんだろうな、と思うと、わたしも少し笑えた。二人で小さく笑い声をたてた。ふと、わたし、女の人とはできないかも、と言ってみると、まひるは、わたしも、と笑わずに言った。

一緒に眠ってから、朝になってまひるは自分の部屋へと戻っていった。わたしは一人になってからも、少し眠った。変な夢を見た気がするけど、目覚めたときにはもう思い出せなかった。舞台は学校で、まひるや平井さんが出てきたような気がする。

動き出したのは、お昼近くなってからだ。いつものことだけれど、朝食なのか昼食なのかわからない食事をとる。台所に向かうと、まひるは既にリビングにいて、おはよう、と微笑んできた。パジャマじゃない。ノースリーブのワンピースを着ている。

まひるの細くて白い手足を見ると、昨夜のことが思い出されて、気まずい思いがした。それに蓋《ふた》をして、おはよう、と言った。

「おなかへっちゃった。奏絵ちゃん、オムライス作って」

まひるの口調にはまったくいつもと違う様子がなかった。自分だけが気にしているのだとしたら、腑に落ちない。もっとも、まひるはまひるで、普通にしようとしているだけかもしれない。

冷凍してあったごはんを使って、リクエスト通り、オムライスを作った。具は卵に混ぜたチーズだけという、ものすごく簡単で質素なものだ。お湯をわかして、インスタントのコンソメスープを一緒に出した。

まひるはオムライスを、おいしいねー、と嬉しそうに口に運んでいく。ほぼ毎日家でごはんを作っているのが、そこまで苦になっていないのは、もともと料理が嫌いではないこともあるし、やっぱりおいしそうに嬉しそうに食べる人がいるからだろう。まひるは少食だけれど、本当においしそうにごはんを味わう。平井さんがいるとき以外は。

食べ進めているうちに、携帯電話が鳴った。わたしのではない。まひるのだ。初めて聴く着信音は、わたしがあまり好きではない女性アーティストのものだった。好きな人に会えなくて切ないという内容のラブソング。サビ部分だけ知っている。

平井さんに違いなかった。なので、まひるが、もしもし、と言ったとき、わたしは一旦自分の部屋に行こうとした。きっと聞かれたくないだろうから。けれど、気づいたまひるは片手をさっと出して、わたしの動きを制した。

「うん、大丈夫、元気だよ、うん」

なぜ自分が動きを制されたのかわからないまま、わたしは座り直した。意識を別のところに集中させるようにしてみるけれど、この距離でできるはずがなかった。うん、うん、とまひるはうなずいている。いつもよりもわずかにトーンが低く、それゆえに大人っぽく見える。どことなく不思議に感じていると、意外なことを言った。

「今、奏絵ちゃんとごはん食べてるところなの。代わるね」

どうしてそんなことを、と思い、まひるを見たけれど、まひるは普通の顔をしてこちらに携帯電話を差し出してくる。受け取らないわけにはいかなかった。オムライスを飲み込み、言った。

「もしもし」

次の瞬間に耳に流れ込んで来たのは、意外な声だった。もしもし。声はそう言った。明らかに、女の人のものだった。わたしは驚きのあまり声をあげそうになるのをこらえて、あの、橋本です、と苗字を名乗った。いったい誰なんだろう、この女の人は。疑問に対する答えはすぐに返ってきた。

「まあ、いつもまひるがお世話になっております。母です。お噂はかねがね」

「こっ、こちらこそ」

思わずどもってしまった。それなら言ってくれればいいのに、とまひるを軽く睨《にら》んでみると、まひるはオムライスを食べていて、こっちのことなんてちっとも見てはいなかった。

「なんだかすごく仲良くしていただいているようで。ぜひ一度ご挨拶をと思っていたのに、電話になってしまってごめんなさい」

「いいえ、とんでもないです」

携帯電話を持つ自分の手が、緊張でうっすらと汗ばんでいくのがわかる。優しくて華やかな、まひるのお母さんの声。

「ぜひ一度、よければうちのほうにも遊びに来てください。たまには帰ってくればいいのに、そっちでの生活が楽しいのか、全然顔を出してくれないんだから。わたしたちが行くって言っても、なんだかんだ理屈をこねて断られてしまうし」

そういえばいつかまひるは言っていた。両親が遊びに来たがっている、と。確かに呼べないだろう。この部屋に対する言い訳を、用意できるはずがない。

「ありがとうございます。今度遊びに行かせてください」

「ええ、本当にいつでも。何もないところですけど。どうかこれからもまひるのことをよろしくお願いしますね」

「こちらこそ。あの、まひるさんに代わりますね」

わたしは携帯電話を手渡した。やっぱり手は汗ばんでいた。受け取ったまひるは、またしばらく、うん、うん、とさっきと同じような相づちを繰り返し、通話を終えた。

「お母さんならそう言ってよ。びっくりした」

携帯電話を床に置いたまひるは、わたしの言葉に、表情を変えることもなく、ごめんね、と言った。わかるかと思って、と付け足す。わかるはずないじゃない、という返答は、もはや届いていないようだった。

「いい人っぽかったでしょう。お母さん」

訊ねられ、黙ってうなずくと、本当にいい人なの、と続けられた。嬉しそうではない、むしろ、悲しい事実であるかのように。

「一生なれないな、わたしは」

今度は逆に悲しそうではなく、すがすがしさすら感じられるような言い方だった。わたしは何を言っていいかわからなくて、頭の中で、今さっき聴いた華やかな声をよみがえらせていた。

自分の母のことを少しだけ思い出し、打ち消すために、残っていたオムライスを口にした。それから黙って二人で食べつづけた。

食事を終え、食器を流しに持っていったまひるが、またテーブルにやってきて、終わったね、と言った。わたしは早く部屋に戻ろうと思っていたのだけれど、その言葉に立ち上がるのを止めた。さっきの電話のことを指しているのだろうか。

「終わったって、何が」

「夏だよ。夏が終わったね」

気づかないわたしが劣等生のような言い方だ。

確かに暦《こよみ》は九月になったけれど、まだまだ暑い。今日だって、二人とも薄着で過ごしていて、それでもスープを飲めば汗ばむくらいだ。まひるが何を言いたいのかわからない。

「わたし、三人で桃食べたのが、夏の一番の思い出。花火も楽しかったけど、一番は桃」

きっぱりと言い切られ、うなずくよりほかなかった。

思い出してみると、花火をした夜からも、桃を食べた夜からも、何週間も経っているのだと気づき、驚いた。夏はことさら時間の流れが速い。

「奏絵ちゃんと平井さんと桃食べたこと、きっと、夏になるたびに思い出すと思う」

うつむいてそう言ったまひるは、まるで消えてしまうかのようだった。大げさだよ、とか、来年も食べればいいじゃん、とか、明るく言ってしまうことは簡単だけれど、できない雰囲気がそこにはあった。かといって、わたしも、とも言えなかった。

「桃おいしかったね」

仕方なくそう言った。まひるは、うん、とうつむいたまま言った。花火のことや、桃のこと、わたしはどのくらいのあいだ憶えていることになるんだろう。

平井さんは出張から戻ってきた夜、まっすぐにうちに寄った。連絡なしの突然のことで、わたしは驚き、まひるは嬉しそうで、それでいて寂しそうだった。きっと二人きりで会いたかったのだろう。

平井さんはおみやげとして、明太子とお菓子をくれた。「博多通りもん」。きっと有名なものだ。聞いたことがある。

もう食事は終えていたので、お茶を淹れて、もらったお菓子をみんなで食べた。まひるは家ではいつもの通り、平井さんの隣を離れず、腕をからませ、肩に自分の顔をあずけている。こちらのほうは全然見ようとしない。

博多通りもんはおいしかった。洋風の和菓子というのだろうか。白あんが入っていて、生地はミルクの匂いがする。平井さんとわたしは二つ、まひるは一つ食べた。

音楽が欲しくて、映画のサントラ盤を選んでかける。昔買ったものだ。一曲目は歌詞のないインスト。このアルバムの五曲目の「飴色の部屋」という歌が気に入っている。素敵なタイトルだと思う。この部屋は何色だろう、とわたしはとりとめのないことを考えてみる。

「福岡はどうだったの」

聞いたのはまひるだった。わたしはその質問にどきっとした。怖かった。平井さんが、納得できる答えをしてくれることを願った。

「毎日バタバタしてたよ。向こうも暑かったなー。蒸してたよ。夜はたいてい屋台に行ってたな。ラーメン食いすぎたよ」

平井さんは笑いながら話し、まひるは、そうなんだ、とそれ以上聞かなかった。納得したわけではないと思う。聞かないことにしたのかもしれない。まひるのその選択に、ひとまずは安心した。

それから、福岡とは関係のない話ばかりした。話していると、突然まひるが言った。

「こないだ、奏絵ちゃんのところに泊まったの」

わたしはまたしてもどきっとして、怖くなった。何を言い出すんだ、と思った。三人でいるときに、まひるがわざわざ話題にわたしのことを出すのも、ひょっとしたら初めてのことかもしれない。いつだって、いないもののように扱うのに。

「泊まったってなんだ」

平井さんは笑いながら訊ねる。お父さんみたいな口調で。

大学生の娘がいる、という話は本当だろうか。きっと本当なのだろう。娘の歳にずっと近いわたしたちと三人で話しながら、平井さんは一瞬たりとも、家族のことを思い出しはしないのだろうか。

「眠れなかったから、部屋に行って、一緒に寝た」

「仲良しだな」

「でも奏絵ちゃんとはセックスしなかった」

「そりゃそうだろ」

笑う平井さんに、わたしは腹立たしさを憶えてしまった。もちろん平井さんの反応は、自然なものだとわかっている。ただ、あまりにも呑気に思えた。

まひるが突然、わたしの名前を出すようになったり、わたしのことを話すようになった変化を、平井さんは気づいているのだろうか。少しでも察知してあげているのだろうか。まひるが、ちょっとずつずれてきていること、わたしだけが感じているのだろうか。

「お菓子、やっぱりもう一つ食べようかな」

突然話を切り上げると、まひるはすっと立ち上がり、台所に行ってお菓子を一つ取ってきた。戻ってくると、またさっきのように、平井さんにくっついて甘える。

可愛くて綺麗なまひる。この部屋に住みつづけているまひる。平井さんのことばかり考えているまひる。外で働くことのないまひる。何もできないまひる。

わたしは、冷めちゃったから淹れなおすね、と言って新たなお茶を台所で作りはじめる。冷めていても構わない。まだ暑いくらいなのだから。ただ、目の前で、平井さんとまひるがくっついているのを見るのがつらかった。今日はひどく悲しい光景に思えた。

それからお茶を三人で飲んだ。平井さんが仕事の話をして、まひるがうなずきながら聞いていた。わたしはそんなにしゃべらなかったけれど、それは三人でいればいつものことだ。

終電に間に合うように帰っていく平井さんを、わたしは玄関で、まひるはマンションの下まで付いていって見送った。それもやっぱり、いつものことだ。

戻ってきたまひるは、別に悲しい顔も寂しい顔もしていなかった。感情の読み取れない表情をしていた。立ったままのわたしがまひるを見ていることに気づくと、どうしたの、と小さく笑った。平井さんといるときのまひるのほうが可愛いけれど、平井さんがいないときのまひるのほうが安心した顔をしている。そのことを、きっと二人は知らないし、気づいていない。

今日は、わたしの部屋で眠ったら。

そんな提案が頭をかすめたけれど、言葉になることはなかった。わたしが言うことじゃないと思った。まひるはそんなことを望んではいない。まひるは平井さんと眠りたいのだ。

「なんでもない」

わたしは言った。変な奏絵ちゃん、とまひるは歌うように言う。

変なのはどっちだろう、とわたしは思う。笑ったり黙ったりしがちな最近のまひるは、以前に比べて変になっているように感じるけれど、そもそも、変じゃなかったことなんてあるのかどうか。

この生活を平気で続けていくことこそ、ずっと変なことだ。変な平井さん。変なまひる。変なわたし。普通の顔をして、普通に過ごしていくことは、いびつで歪《ゆが》んでいる。

視線を下にやると、足の爪が伸びていることに気づいた。暇つぶしに塗った水色のペディキュアも、もうはげかけている。明日起きたら切って、丁寧にペディキュアを塗りなおそう。そして今日は、お風呂に入って、読みかけの小説を読んで眠ろう。一人の部屋で、一人きりのベッドで。

○

ラブホテルの冷蔵庫から取り出したお茶は味が薄い。

知らない、見たこともないメーカーのものだ。飲みかけのペットボトルを、ティッシュやコンドームが入ったハート型のケース、有線の操作ボタンでごちゃごちゃとしている枕元に置いた。きっとすぐにぬるくなるだろう。

セックスを終えて、明るく饒舌になっている平井さんは、自分の抱える仕事の話を始める。もしかすると機密かもしれないような情報を、そんな素振りはまったく見せずに、
平井さんは大変そうでそれでいて楽しそうな口調で話す。

「今度、部下が染物の工場を見るために金沢に行くことになってるんだ」

「染物」

言われて、わたしは先日読み終えたばかりの小説のことを思い出した。主人公は、バイト先である染色工場で一人の男と知り合い、それがきっかけで物語は展開していく。

「バスケットをずらさないようにしなきゃね」

わたしは言った。小説内に、そうしたシーンが出てくるのだ。

「なんだ、それ」

平井さんの反応は予想外にあっさりとしたものだった。忘れてしまったのだろうか、と思いつつ、小説のタイトルと作者名を伝えた。ああ、と納得するかと思いきや、平井さんは、ふうん、と言って、また話題を染物工場に戻した。

あれ、と思った。何事もないように相づちを打つけれど、内心、疑問符が満ちていく。

あの大量の本は、平井さんのものではないのだろうか。

そういえば、書庫代わりになっている部屋について説明してくれたのはまひるであって、平井さんとその部屋についてや、本についての話をしたことはなかった。

ただ、今まで疑問に思ったこともなかった。はっきりと説明されたわけではないのに、なんとなく、あの部屋にあるのはすべて平井さんの本で、どれも彼が読んだものなのだろうと思っていた。

「いつか金沢とかあっちのほうに旅行できたらいいな。金沢はいいよ。おいしいものもたくさんあるしな」

いつのまにか話は、金沢についてにうつっている。腕枕をはずすことなく、平井さんはわたしを抱きしめる。彼の胸あたりにわたしの鼻が当たる。少し苦しい。体はすぐに離れた。

「カニもあるぞ。カニ」

「カニ、いいですね」

わたしは言うけれど、考えているのはカニのことじゃない。平井さんの言う、金沢旅行が実現したとき、そこにまひるはいるのだろうか、ということだ。新幹線なのか飛行機なのかわからないけれど、三人で移動して、三人で知らない街を歩き回って、三人で一列に並んで眠る。

絶対にありえないだろうと思うのに、一方で、楽しそうな光景にも思えている自分がいて驚く。まひるは、カニをほじるのを最初はおもしろがって、すぐに面倒くさがるだろう。もうおなかいっぱいだからいい、と言って。ずっと平井さんにくっついたまま。

「冬がいいんだよな。突き刺すように寒いけど、それがかえって」

ゴツゴツする彼の腕の存在を感じながら、わたしは、へえ、と相づちを打つ。

そのうちに、平井さんは静かな寝息をたてはじめる。きっともう少ししたらいびきに変わっていくだろう。

わたしはそうっと体を動かし、彼の腕を体と平行になるようにおろす。わたしの左腕と彼の右腕がくっつく。腕枕ではやはり眠ることができそうにない。

体をくっつけていると汗ばんでしまうような温度の中では、平井さんが言う冬の金沢の寒さを、まるで想像できない。何度も何十度も冬を通り過ぎてきたのに、まだ秋にならない夏の中で思う寒さは、ちっとも現実味がない。だからこそ、三人の光景を楽しいもののように感じるのかもしれなかった。


「違うよ。奥さんの。っていうか、奥さんのお父さんのもあるみたいだけど」

昨夜生まれた、この家にある本は平井さんのものではないのだろうか、というわたしの疑問に、まひるはあっさりと答えた。そんなことも知らなかったの、という感じで。

「奏絵ちゃんって本が好きだよね。わたしも本棚見てみたことはあるけど、どれも難しそうだしつまらなさそうだったから、全然読んでないよ。奏絵ちゃんは頭いいんだね」

ほめるようでいて、全然興味のなさそうな感じでまひるは言う。

別に頭よくないけど、とわたしは言い、今知ったばかりの事実に、ちょっと困惑している自分に気づく。

「なんで奥さんは、この部屋に本置いてるのかな」

まひるは奥さんの話題をいやがるだろうと思いつつも、気になってしまった。まひるは予想通り、眉間に皺を寄せた不機嫌な表情になって、さあ、と言った。肩をすくめて、外国人みたいに。わたしはおとなしく食事に戻る。

今日の夕食は、そうめんと肉野菜炒めとゴボウサラダ。暑さはまだ落ち着かず、台所に立つのもおっくうになる。ゴボウサラダは、近所のスーパーで買ってきたものだ。明日は予定通りなら平井さんがやってくるので、その前に買い物に行き、献立を考えなくてはいけないだろう。

まひるは全然食べていない。思い出したみたいに、数本単位でそうめんを大きな透明の器から取り出しては、つゆに浸けて口に入れる。ちっとも食事っぽさがない。前から少食だけど、最近は特にその傾向が増している。暑さが続いているせいならまだいいけれど、心配だ。ここのところ、まひるはなんとなく暗い。数日前には平井さんと二人で会っているはずなのに。

「奏絵ちゃんは、平井さんには全然興味ないんだね。奥さんのほうが好きみたい」

「なに言ってんの」

いきなりの言葉にわたしは笑ったけど、まひるは笑っていなかった。氷が載せられた器の中の白いそうめんを見ている。

「奥さん、全然綺麗じゃなかった」

「会ったの」

驚きながらわたしは聞いた。まさか、とまひるは言う。

「写真を見せてもらったの。見てどうするんだよって平井さんは言ってたんだけど、しつこく言ったら持ってきてくれて。娘と写ってた。娘も可愛くなかった。二人とも高そうな服は着てたけど」

そうめんを見ながら話すまひるの表情は、どんどん不機嫌さを強めていく。まひるは静かに箸を置く。

「わたしたち、一生このままなのかな」

そうぽつりとつぶやく。わたし、ではなく、わたしたち、なのはあえて言葉を選んだのだろうか。

「……どうかな」

答えがわからなかった。肉野菜炒めを飲み込んでから言った。オイスターソースをもう少し入れてもよかったな、とわたしは思う。

表記にすれば、ふっ、という音を立ててまひるは息をついた。口を横に広げて。

そしていきなり、楽しげな様子になって訊ねてくる。

「ねえ、そうめんとひやむぎって何が違うの。これはどっち」

「これはそうめん。太さじゃないの」

パッケージに、そうめん、と青い文字で書かれていたので間違いはない。わたしは戸惑いつつも答えた。一瞬前と別人みたい。

「えー、どっちも同じくらいだよ」

「じゃあ、ひやむぎは、ピンクとか緑の麺が入ってるほう」

「ふーん」

まひるはわたしのいい加減な答えに、うなずき、納得する。わからないけどね、とわたしは付け加えた。

「わたし、ひやむぎの方が好き」

歌うような、はねるような言い方だった。わたし、ひやむぎのほうがすき。

まひるの嬉しそうな様子に、わたしはむしろ、安堵よりも心配を憶えてしまう。そうめんはだいぶ余ってしまうだろう。

バッグあげたんですよ、と亀田くんは明るく報告してくれた。

彼女への誕生日プレゼントのことだとわかるのに、一瞬のまがあった。

表情だけで彼女のリアクションは想像できたけれど、礼儀として、どうだったの、と訊ねる。バッチリでしたよ、と想像よりもさらに強い言い方を亀田くんはする。

「そっか、よかったね」

「ほんと橋本さんのおかげっすよ」

なにもしてないよ、と謙遜ではなく本心から言ったけれど、彼は、そんなことないですよ、とキッパリと言う。

彼がまだいろいろ話したそうなのは見て取れたものの、今日は平井さんがうちに来ることになっている。それまでに食事を用意しておかなくてはならない。じゃ、おつかれさま、と挨拶をしてロッカールームへと急いだ。

バイトに行く前にまひるに、夕食づくりのための買い物をスーパーで済ませておいてもらうように頼み、メモとお金を置いていった。わたしたちの食費分配は、実に適当だ。わたしがお金を出すこともあれば、まひるが買ってきた食材を使うこともある。部屋の光熱費は支払ったことがない。多分平井さんの口座から支払われているのだろう。自分たちで払っているという食費だって、結局はいずれにしても平井さんのお金だ。

帰宅して着替えを済ませ、台所に行ったわたしは驚いた。大量の食材が置かれている。野菜や果物など、頼んでもいないものばかりだ。冷蔵庫に入れようと扉を開くと、そこにもぎっしりと食材が詰まっていた。物が詰まりすぎているせいで、冷蔵庫の明かりが暗くなっているほど。触れれば落ちてきそうにおさめられている。

「おかえりなさい」

わたしの帰宅に気づき、台所にやってきたまひるは呑気に言う。着ている、無地のレースキャミソールとボーダーパンツが組み合わせられたサロペットは、初めて見るものだ。洋服から伸びた手足は、白くて細い。以前よりさらに痩せたようにも見える。

「どうしたの、これ」

「買いすぎちゃった。どうしようって思ったんだけど、宅配サービスっていうのがあるんだね。奏絵ちゃん知ってた?」

「知ってたけど」

問題はそういうことじゃなかった。四分の一にカットされたスイカまである。力士が三人いたって、きっと食べきれない。

「パーティーみたいでいいでしょ」

まひるは微笑む。透明感のある笑顔は、そのまま何かのポスターに使えそうだ。

一応、頼んだものは買ってきてくれているようだ、と横目で確認した。ごはんと麻婆《マーボー》茄子《なす》と冷奴と油揚げの味噌汁、というのが当初考えていた献立だった。平井さんは主食はとらずに、ビールを飲むだろう。

「なにか食べたいものある」

「奏絵ちゃんにおまかせする」

迷いなくきっぱりと言われてしまう。置きっぱなしにされた野菜や果物までもがこちらを見ているようで、落ち着かない。

「平井さん、奏絵ちゃんの料理好きだもんね」

まひるの言葉は、素直に響いた。だからこそ、薄ら寒い恐ろしいものを感じた。そんなことないよ、と言って冷蔵庫を開けた。まひると目を合わせたくなかった。きっとまひるは、こっちを微笑みながら見ている。

手を洗い、ねぎをみじん切りにしていく。トントントントントン。使い道の決まっていないねぎを。

「いいな、奏絵ちゃんは」

まひるの言葉が怖く感じられる。トントントントン。

ちょっとやけになりながら作った献立は、油揚げときのこと豚肉の炊き込みごはん、麻婆豆腐、茄子と鶏もも肉の煮物、トマトのサラダ、キュウリの浅漬け、納豆汁、で落ち着いた。食後にはスイカを食べよう。

音楽かけといて、とまひるに頼んだところ、オーディオから彼女の好きな曲が流れてきた。カナダ出身の女性ミュージシャン。ファッショングラビアに登場していることも多い。一曲目の「ガールフレンド」のサビは、洋楽に詳しくないわたしでも聞き覚えがあった。

一曲目が終わりそうなところで、平井さんが到着した。ドアチャイムが鳴り、小走りになるまひる。

「なんだ、今日はずいぶん豪華だな」

料理が並んだテーブルを見て、平井さんはそんなことを言う。いろいろあったから、とわたしは答えた。まひるは何も言わない。

まひるはいつものように平井さんに貼りつくようにして動いているけれど、表情は浮かない。わたしをうらやんでいた言葉を思い出し、不穏なものを感じる。

毎回のことではあるけれど、わたしの料理を平井さんはほめてくれた。ほめられるたび、まひるの反応が気にかかってしまう。彼がビールを飲むのをやめて、最後にごはんをリクエストしたときには、まひるの眉間が動いたようにも見えた。

「この味噌汁、変わってるな。納豆入りか。うまいよ」

「納豆汁ですよ」

「納豆汁っていうのがあるのか」

「え、これって一般的じゃないんですか」

わたしは驚いた。みんな、家庭で普通に飲んでいるものと思っていた。平井さんの前では、わたしの料理について何もコメントしないまひるが、初めて飲んだ、と珍しく口を開く。

「お母さんのふるさとの味なのかな」

平井さんが言い、わたしは、ああ、そうなのかもしれない、と納得した。母は東北出身だ。母のことを、久しぶりに思い出す。

「奏絵ちゃんのお母さんってどんな人なの」

思考を見透かすみたいなタイミングでまひるが言う。

「普通の人」

「なにそれ」

まひるは不満げだったけれど、わたしはそれ以上母について語ることはなかった。取り繕うかのように、うまいなこれ、と平井さんが言う。

食事を終えてしばらくしてから、スイカのことを思い出した。カットされたスイカを、さらに細かくカットして出す。思ったほど甘くなかった。多分みんな同じことを思ったのだろう。誰もスイカの味についてコメントしなかった。

種をはきだしていく作業が面倒くさい。

種を飲み込んだら、体の中でスイカが育つと言ったのは父だった。幼いわたしは真剣にそれを信じていて、黒い種はもちろん、細かく割れたような白い種も慎重に吐き出した。味わうことより種を出すことに集中していた。もう思い出すこともないだろうと思っていた、遠い過去だ。

まひるはさっきの食事同様、スイカも全然食べていない。ためしに一口かじってみただけ、という感じだ。平井さんにくっついていても、ちっとも幸せそうじゃないまひるが、口を開いた。

「ねえ、平井さんは、わたしと奏絵ちゃんのどっちが好きなの」

「なにいってんだ」

平井さんは笑いで流そうとしたけど、まひるはそれを許さなかった。彼の体から離れて、起き上がるようにして、どっち、と目を見て訊ねる。見ているわたしも緊張してしまう。

「矛《ほこ》と盾のどっちが強いか、みたいな話だな」

平井さんは平井さんで、なんとか笑いにしようとして真剣だった。ただ、わたしは笑ってあげられなかったし、まひるも笑わなかった。

「じゃあ、奥さんとわたしだったらどっちが好きなの」

なおも質問は続く。

平井さんはまひるに耳打ちする。即答したのだろう。けれどまひるの表情は晴れやかにはならない。憮然《ぶぜん》としている。

「だったらどうして離婚しないの」

わたしは、自分の存在感をなるべく薄めたくて、ただスイカを食べた。赤い部分はもうほとんどない。味のないスイカ。

「もうおっさんだからなあ、俺は」

「そんなの答えになってない」

まひるの言うことはもっともだったけれど、もっともであることイコール正しいことじゃない。まひるが平井さんにもっと好かれたいと思うなら、そんなことは聞いちゃだめなのに。

またも平井さんがまひるに耳打ちする。短い言葉だ。まひるはほんの少し柔らかい表情になる。見てはいけないものを見てしまった気がした。嫉妬とは違うけれど、落ち着かない気持ち。

まひるがスイカを食べる。しゃりっ、という音がする。しゃりっ。しゃりっ、しゃりっ。

今年最初で最後のスイカだ。

わたしたちはしばらく黙っていた。それぞれが、まるで違うことを思っているのだろう。

「ねえ今日は、あっちの駅まで散歩して帰ろうよ」

まひるが言う。あっちの駅、とは、最寄りではない駅のことだろうとはすぐにわかった。まひるがそんな提案をするのを初めて見た。正確に言えば、帰っていくのは平井さんだけだというのに。

「珍しいこと言うな」

「夜は涼しくなってきたし、いいでしょう」

「わかった」

平井さんが了承する。てっきりその二人で歩いていくものと思っていたので、まひるに、奏絵ちゃんもいいでしょう、と目を見て言われて、わたしも、と驚いてしまった。

まひるはうなずく。

「いいよ」

断れる空気ではなかった。

どこかで虫が鳴いている。まだ生ぬるい空気の中でも、秋は確実に近づいていることを感じさせる。

まひるが言うところの、あっちの駅、までは歩いて二十分ほどだろうか。あまり歩いている人はいない。

「手つなごうか」

真ん中のまひるが言い、わたしたちの返事を待たずに、わたしと平井さんの手をそれぞれつなぐ。まひるの手はひんやりとしている。

三人で揃って歩いていくのは不思議だ。

周囲からはどんなふうに見えるのだろう、と思った。平井さんの歳が離れているから、友人というのはおかしいだろう。かといって、この中で平井さんとどちらかが夫婦だともきっと見えない。

今この光景を見たら、たとえば亀田くんは、超謎っすね、とか言うのだろうか。そう思ってみると、優越感のような、それでいて寂しい形のものが胸をよぎった。

つないでいる手が汗ばんでいく。部屋着にしている黒いワンピースのままで出てきてしまった。履いているサンダルがペタペタとした音を立てる。

まひるが小さく歌いはじめる。さっきまで部屋で聴いていたミュージシャンの曲だ。

英語の部分が明らかに適当で、わたしは思わず笑ってしまう。違う言葉みたいだ。

「たまには散歩もいいもんだな」

そう言う平井さんの顔は、街灯に照らされると、うっすらと赤らんでいるのがわかる。シャツの袖をまくりあげている。

駅が近づいてくると、どこから現れたのか、人が増えていく。みんなたいていは一人で、三人で歩いている人は少ない。ましてや、わたしたちみたいな三人は皆無だ。時おりこちらのことをちらっと見る人がいるけれど、さして興味を持たれる様子はない。みんな忙しいのだ。わたしとまひる以外は。

「じゃあ行くかな。見送ってくれてありがとう」

平井さんがわたしたちの顔を見比べるようにして言う。わたしはうなずいた。まひるも真剣な顔でうなずく。

「おやすみ」

「おやすみなさい」

「おやすみなさい」

改札口を通っていく平井さんの後ろ姿を見た。感情は読めない。

同じように後ろ姿を見ているまひるもまた、感情は読めなかった。いつのまにかつないでいた手はほどかれている。平井さんの姿が見えなくなってから、じゃあ帰ろうか、と言うと、うん、とまひるは子どもみたいに言った。

帰りは三人じゃなく二人で歩いていく。同じ道でも、違う道みたいに思える。きっとわたしたち二人の姿は、周囲にも自然なものとして映るだろう。友人とか姉妹とか。どこにでもある、ありふれた関係の二人として。

「スイカ、おいしくなかったね」

まひるが言う。まひるが買ってきてくれた手前、言わずにいたのに。スイカ、久しぶりだった、とわたしは答える。

「奏絵ちゃんの料理のほうがずっとおいしい」

答えは求めていないような言い方だった。

まひるはいきなり早足になる。早足といっても、追いつけないほどじゃない。まひるはラインストーンの付いたミュールを履いている。わたしのサンダルのほうがずっと歩きやすいから、速度を合わせるのは容易だ。ただ、途端に急ぎ出したのには、理由がありそうだった。わたしは言った。

「もっとゆっくりでもいいんじゃないの」

「ゆっくり歩いてると、苦しいの」

意味がわからなかった。

「気持ち悪いの」

「違う。なんか、ゆっくり歩いてると、いっぱい考えちゃうから。平井さんのこととか、奏絵ちゃんのこととか、美人じゃない奥さんのこととか、可愛くない娘のこととか」

不要な説明が、まひるの苦しさを如実に表しているみたいだった。平井さんとわたしには、どんな前置きをつけるんだろう。大好きな平井さん？　いつもずるい平井さん？　苦しくさせる平井さん？

「別の話しようか。平井さんと関係ないこと」

早足のままでわたしは言った。まひるがいきなり立ち止まり、わたしを不思議そうに見つめる。

「たとえば？」

同じく立ち止まったわたしを見る目があまりに綺麗なので、わたしは緊張してしまう。教師とか神父とか、そういうものになったみたいだ。うかつなことを言ってはいけない気がした。

「好きな食べ物の話とか」

我ながら、しょうもない回答だと思った。まひるは考え込むようなそぶりを見せる。

「ねえ、わたし、奏絵ちゃんの家の話が聞きたい。ほら、今日の」

「納豆汁？」

「そう、それとか。奏絵ちゃんのお母さんの話」

わたしは歩き出す。内心、動揺していた。家族の話はしたくなかったから。

それでも、現実に目の前にいるまひるの調子が崩れてしまうことのほうがいやだった。

ここ数日、どこを見ているのかわからなかったり、突然黙り込んでしまったり、逆に饒舌になったりするまひるの姿は、痛々しいものがあった。

「母親は、バレリーナになりたかったらしいの。小さいときからバレエを習ってて、東北育ちなんだけど、その県ではわりと有名になるくらいで、留学の話とかもあったんだって」

「素敵」

まひるは言う。わたしは同意しない。

「でも結局、膝を痛めてダメになって、東京で普通に働き出すようになって、父親と知り合って結婚して、わたしと妹が生まれたの」

「それで」

「それだけ」

言いたいことは他になかった。母親を説明するには、バレエ、という単語一つで充分なくらいだ。あの人の頭の中はいつだってそれに関連することで満ちている。

「奏絵ちゃんは、バレエやらなかったの」

「やったけど向かなかった」

事実だった。体もそんなに柔らかくはならなかったし、手足も長くなかった。さらにバレエは、優雅さだけじゃなく、基礎体力が必要だ。わたしにはスタミナが足りなかった。

母親は、わたしにバレエの才能がないことを、誰よりも早く見抜き、そして誰よりも認めようとしなかった。受け入れがたかったのだろう。わたしより三つ下の妹のほうが、まだ幾分可能性があるとハッキリするまで、母親はわたしとバレエをなんとか近づけようと必死だった。他のものは見えていないみたいだった。とにかく家ではクラシックの

CDを流しつづけた。バレエ音楽はもちろん、他のものも。普段から美しいものに触れておくことが大事なのだと、母は繰り返していた。

妹が小学校にあがるくらいになってからは、妹にバレエの練習をさせることにすべてのエネルギーを注いでいた。わたしの存在は、見えないものに含まれるようになっていた。

「わたしもバレエ憧れてた。結局やれなかったけど」

まひるが言う。長い手足は、きっとわたしよりもずっとバレエに合っているだろうと物語っている。わたしの母親は、まひるを娘に持ちたかったことだろう。

「もう、何も憶えてないや。リズムとか、動きとか」

わたしは言った。本当は今でも少し、憶えているものがある。

虫の鳴き声が強くなる。帰ったらビールを飲もうと思った。

○

気に入っているクリームチーズはカビが生えやすい。

ニュージーランド産のものだ。スッキリとしていて、クセがなく合わせやすい。カビが生えた部分は削って使っているし、説明書きにもそう記されているので、けして保管状態が特別ひどいというわけではないのだろうけれど、カビはわたしを憂鬱にさせる。また少しダメにしてしまった、と思う。

クリームチーズは、昼食のトーストに添えただけでなく、レンジで熱したかぼちゃをつぶしたものに混ぜてサラダにした。

レンジでちょっと柔らかくしたクリームチーズを、ちょうどよく焼けたトーストに、バターナイフを使って塗っていく。上からはちみつをかけて、口に入れる。ザクッという音がする。甘みとわずかな酸味が広がる。おいしい。

クリームチーズは、なんとか今日中に使い切ってしまいたい。夜はパスタに合わせよう、と思う。

「今日の夜ごはんは和食がいいなあ」

トーストを食べながら、まひるはのんびりとした口調で言う。わざととしか思えないようなタイミング。

「和食?」

わたしは少しイラつきながら聞き返してしまう。

「ごはんとか、お味噌汁とか。こないだ奏絵ちゃんが作ってくれた納豆汁おいしかったから、またあれ食べたい」

「こないだ食べたばっかりなのに」

「でもおいしかった。あれがいい」

作るのはわたしなのだから、無理やりパスタを作ってしまうことはたやすい。でも、ただでさえ食の細いまひるが、パスタを残す様子は、わざわざ意識するまでもなく想像できた。冷蔵庫の残りを後で確認しておかなくては。わかった、とわたしは言った。低い声で。

「奏絵ちゃんは料理上手でいいね」

最近まひるは、やたらとわたしのことをほめる。ほめる、というより、うらやましがる、という感じ。奏絵ちゃんは家事ができていいね。奏絵ちゃんはしっかりしていいね。奏絵ちゃんは読書が好きでいいね。

どれだってたいしたことじゃない。そんなの、やろうと思えばすぐにだってできるレベルのことだ。そう言っても、まひるは納得しない。わたしにはできない、と最初からあきらめているみたいだ。

一時期は、わたしに対抗するかのように、台所に立つ回数を増やし、料理にも挑戦していたけれど、そんなのは忘れたみたいに過ごしている。

ここのところ、まひるに漂うあきらめの色は、ますます濃くなっているみたいだ。そのせいかどうかはわからないけれど、ため息の回数や、ぼうっとする時間も増えている。心ここにあらず、といった感じだ。

二日前には、リビングでファッション雑誌のページを切っていた。切り取ったページを、ハサミで細かく切っていくのだ。目的はきっとない。何してるの、と訊ねたら、切ってるだけ、と感情の読めない声で答えていた。正直、うっすらとした狂気すら感じた。ただ、すぐに飽きてしまったのか、そんなに長時間ではなかった。切り取ったものを、自分で片付けてもいた。雑誌ははっきりチェックしなかったけれど、もしかしたら、以前まひるが読者モデルとして出ていたものなのかもしれない。

切りながら、何を考えていたんだろう。まひるが本当に切りたいものは、なんなのだろう。

それでも昨日、平井さんと二人で会ったせいか、今日はいくぶん上機嫌に見える。平井さんのせいでバランスを失い、平井さんのおかげでバランスを保つまひる。

「いいな、料理できるの」

まひるは繰り返した。客観的に見たなら、まひるのほうがずっと恵まれているのに。長く白い手足、細い体、整った綺麗な顔。まひるのことを好きになる男の人は、この家を出たならいくらでも見つかるのに。

百人の男の人に好かれたとしても、きっとそんなのは、何の価値もないのだろう。まひるにとっては、平井さんに好かれることが唯一で、すべてなのだ。

「夜、お米とぐの手伝ってね」

わたしの言葉に、まひるが嬉しそうにうなずく。小学生の学級委員長が張り切るみたいに、まっすぐなうなずきだ。


クリームチーズはトマトと合わせて、かつお節をかけて、ポン酢でサラダにする。提案を心に秘めながら、ロッカールームに向かって歩いていると、商品棚の陰から、橋本さん、と声をかけられた。

見ると、亀田くんが立っている。白いポロシャツに学生服のズボン。バイト中とは、エプロンをしているかしていないかの違いだけなのに、ずいぶん印象が変わる。

「どうしたの。これからバイト?」

「今日は休みなんですけど、あの、報告があって。少しだけいいですか」

「いいけど」

いいと言ったものの、話の内容もさることながら、周囲の視線が気になった。他のパートやバイトの人たちに見られて、後で質問されることがあっても厄介だ。

辺りをちらりと見回したわたしの視線に気づいてか、あるいはもともとそうするつもりだったのか、亀田くんはレジからは見えない場所にある、すのこ棚のほうへと移動した。ここには売場の店員もそんなに来ない。

あらためて向き合う形になると、亀田くんは言った。

「おれ、彼女にふられちゃいました」

言葉の最後に、ははっ、と笑おうとしたのかもしれないけど、息がわずかにもれるような変な音になっただけで、笑いにはなっていなかった。

「え、でも、こないだ」

わたしは言った。自分ではわからないけれど、眉間に皺を寄せていたようで、亀田くんは、そんな、困った顔しないでくださいよ、と言った。でもそう言っている彼のほうが、よっぽど今にも泣き出しそうに見えた。

「こないだ、誕生日祝ったばっかりなんすけどね」

あげたプレゼントについて、バッチリ喜んでくれた、と言っていた亀田くんと、今日の彼はまるで違う人みたいだ。あれから半月も経っていないのに。

「でも、昨日とかも、なんか態度がおかしくて。前からちょっと変かなー、とは思ってたんすけど、ちゃんと聞いてみたんすよね。そしたら、好きな男がいるって言われちゃって。っていうかもう、一ヶ月くらい、そいつとも付き合ってた、って。びっくりですよ。誕生日一緒に祝ったのとか、ああいうの全部、なんだったんだろうって思えますよね。好きって言ってたのとか、そういうの」

亀田くんはため息をついた。憔悴《しょうすい》を隠そうとはしていなかった。隠し切れずに溢れる分だけでも、相当なものになっているのかもしれない。

「すみません、突然。いつも橋本さんには結構相談とか乗ってもらってたし、話とか聞いてもらってたんで、ちゃんと報告しとかなきゃなーって。やっぱ話すとちょっとスッキリしますよね」

ちっともスッキリしていない、暗い顔で、無理やり作った笑いを浮かべて亀田くんは言った。どこからどう見ても、落ち込んでいる高校生の男の子という感じだった。

「大変だったね」

わたしは言った。

そんなに相談に乗った憶えも、そこまで話を聞いた憶えもないけれど、否定するのもためらわれた。会ったこともない亀田くんの元彼女、が少しだけ憎らしくも思えてくる。

「ほんと、女の人は怖いっすよね」

そう言って亀田くんは、また、ははっ、と笑う。女の人は怖いのだろうか、とわたしは思う。

それでもまたきっとこの子は、女の人を好きになるのだろうな、と思った。こんなに落ち込んでいても、望みを失っていないように感じさせるエネルギーというのが亀田くんにはある。若さから来ているものではなく、この子自身が備えているものに違いなかった。

わたしはいつのまにか、まひるのことを思い出していた。まひると亀田くんを比べていた。亀田くんが持つエネルギーは、今のまひるにはないものだ。

「ありがとうございます。おつかれーした」

早足で立ち去っていく亀田くんに、おつかれさま、と慌てて言った。おつかれーした、はやっぱりうまく真似できない。

クリームチーズはなんとか使い切ることができた。

食事中、まひるが一言も発しなかったので、どうしたんだろうと思っていたら、食事を終える頃になって、相談を持ちかけてきた。

今から平井さんの奥さんに電話をかけるから、そばにいてほしい、という内容だった。

わたしは驚いた。

「なんて言うつもりなの」

「平井さんと別れてください、って」

まひるはわたしの目を見ながら答えた。何のためらいもなく。

そこまで強く願っていたとは意外だった。その願望は、わたしにはまったくないものだった。

別れたところでどうするというのだろう。この部屋は。わたしは。娘は。会社は。聞いてみたい気もしたけれど、きっとまひる自身だってわかってはいない。そもそも、叶うとも思っていないだろう。

何も答えられなかった。ただ、まっすぐにこちらを見るまひるから、目をそらさないようにした。

「一緒にいて。隣にいるだけでいいの」

まひるの表情は険しく、追い込まれているかのようだった。明日までに一億円の借金を返済しなきゃいけないのに、手元に一円もお金がないというとき、人はこういう顔になるのかもしれないと思った。

どうやって電話番号を知ったのか訊ねると、昨日、平井さんがトイレに立った隙をみはからい、置いてあった彼の携帯電話を覗き見したのだという。奥さんの名前は、妻、で登録されていたということまで教えてくれた。

覗き見したのは初めてだという。嘘ではなさそうだった。でも、だからいいとも思えなかったし、そこまでしてしまうまひるに危機感も憶えた。一日悩んだけど、やっぱりかけようと思う、とまひるは言った。今日は平井さんは会議らしいから、まだ奥さんとは一緒にいないはずだし、とも。そこまで下調べをしていたのか、と意外と冷静な行動をとっているのにもちょっと驚いた。

いい結果になるとは思えなかった。いい結果というのが具体的にどういうことかもわからないけれど、少なくとも、望むような回答が返ってくることはないだろう。

「どうしてもかけるの」

わたしはおそるおそる聞いた。

「だって、おかしいじゃない、こんなの」

まひるは言った。

何を言っているんだろう、と思った。確かにおかしい。こんなの。でも、それはずっとだったのだ。わたしたちが出会った時点、いや、その前からずっとおかしかった。全部。何もかも。いったいどこのどんな部分を指して、おかしいって言っているんだろう。

「わかった」

わたしは言った。好きにすればいいと思った。もともと、わたしが止めたりするようなことじゃないのだ。

まひるは深く息をついて、吸い込んで、またついた。

携帯電話を操作する手が震えているのに、気づかないふりをした。フローリングを見つめる。そういえばしばらくワックスがけをしていない。まひるはきっと、しなくてもいいよ、と言うんだろうけど。

「もしもし」

まひるが言う。電話口の向こうで、女の人が何かを言っていることがわかった。何を言っているのかまではわからない。ずいぶん落ち着いた声に聞こえる。

「あの、わたし、平井さんとお付き合いさせていただいています。もう四年ほどになります」

まひるは一気にそう言った。聞いているこちらまで、背筋に汗が流れてしまいそうなほど、緊張した様子で。わずかに震える声で。

女の人――つまり平井さんの奥さん――が何かを言っているようだ。まひるは、はい、はい、と小さく言葉を発する。横目でちらりと窺ってみると、心配になるほど、顔から血の気が失われ、青白くなっている。今すぐに電話をやめさせたいと思ったが、我慢した。

「え、それって」

言葉が、単なる相づちから、反論の意をこめた強いものに変わる。でもそれは一瞬で、結局またすぐに、はい、はい、という力ない相づちに戻った。

鼓動が速くなる。きっとまひるの鼓動はもっと速まっていることだろう。

そして通話は終わった。あっというまだった。

まひるは、ボタンを押すと、座った姿勢のまま、腕の力をゆるめた。肩にもずいぶん力が入っていたみたいだ。何も言わずに、ただじっと床を見ている。ワックスのことを考えているわけではないのはわかった。

そのまま二人で黙り込んでいた。どうしたの、と聞くのが怖くもあった。まひるが泣き出したり、暴れ出したりするのではないかと思えた。ただ言葉を待った。

「奥さんの声、誰かの声に似てた」

まひるは言った。わたしはどう答えていいかわからずに黙っていた。思い出せなくて、とさらに続ける。こちらの答えは求めてないみたいだ。相変わらず床を見つめている。

またしばらくしてから言った。

「わたしが、平井さんと付き合ってるって言っても、全然驚いてなかった。『そうですか。いつもお世話になっております』って」

びっくりした。奥さんは本当にそんなことを言ったのだろうか。わたしはなおも黙っていた。

「明るく話してた。『これからもご迷惑おかけしてしまうかもしれませんが、どうぞよろしくお願いしますね』って。わたし、聞き間違えたかと思ったんだけど、でも」

そこまで言い、まひるが両手で顔を覆う。泣き出したのかと思ったけれど、また元の姿勢に戻って言葉を続けた彼女の表情は、何も変わっていなかった。

「最後に『用がないんでしたら、こうしたお電話は控えてくださいね』って。だから、勘違いとか聞き間違えとかじゃないと思う」

「そっか」

わたしは言った。他に言えることはなかった。

フローリングに、髪の毛が落ちている。誰のものかわからない。多分、どっちかの。よく見れば、他にも何本か落ちている。探せばいくらでも見つけられそうだった。

「知ってたのかな、奥さん」

「どうなんだろうね」

本当に、どちらなのかわからなかった。

「わたし、平井さんに、奥さんは気づいてないの、って聞いたことがあるの。この部屋だって、奥さんのお父さんが買ったものなんだし。こんなふうに使ってて大丈夫なの、って」

「うん」

「そしたら、平井さん、うまくやってるから大丈夫だよ、って言ってた。気づいてないよ、って。あれ、嘘だったのかな」

「きっと」

言いかけて止まった。きっと、平井さんは本気でそう思っているのだろう。奥さんにはばれていないし、気づかれていないのだと。でも、そう言ったところで、まひるの救いになるのかどうかがわからなかった。

「きっと、いろんな事情があるんじゃない」

結局、よくわからないことを言ってしまった。まひるは、事情、とつぶやく。初めて知った外国語みたいに。

奥さんが、泣いたり怒ったりしてくれたほうが、まひるにとってはよかったのかもしれない。でも、奥さんがそうならなかったことを責める権利なんて誰にもない。当然、まひるにもわたしにも。

今、目の前で、まひるは明らかに弱っている。完全な敗北。でも、奥さんが完全な勝利をおさめているともわたしには思えない。わたしだって、平井さんだって。誰も勝者のいない試合だ。

「あのね、今まで、三人がここに住んでたの」

まひるが言い出したことの意味を、咄嗟に理解できなかった。何も言わないわたしに、まひるが続ける。

「奏絵ちゃんの前に」

付け足されて、わかった。わたしが来る前に、三人の女性がここで暮らしていたということなのだろう。前から気づいてはいたものの、まひるが具体的な数字を出したことにも、三という数字そのものにも、驚きが生まれた。

まひるも平井さんも、わたしの前の住人については、一生話さないものかと思いこんでいた。さらにまひるは言う。

「みんな、わりと簡単に別れたけど、奥さんは違うね」

やっぱり相づちに困ったままでいると、でも奏絵ちゃんも考えてみたら、別れてないもんね、とつぶやかれた。嘆きでも皮肉でもなく、それで納得しているようでもあった。

女の人は怖いっすね、と今日亀田くんは言っていた。そうかもしれない。でも男の人は怖くないんだろうか。女の人だけが怖いんだろうか。

「ぶどう食べようか」

わたしは冷蔵庫の中身を思い浮かべ、提案した。まひるは、よく見ていないとわからないくらいわずかなうなずきを見せた。それから、ゆっくりと顔をあげて、わたしを見て唇を上げた。微笑みにも満たない笑み。まひるは綺麗だ。こんなときでも。

奥さんは平井さんに、まひるから電話があったことを伝えるだろうか。きっと伝えないだろう。根拠はないけれど、そう思った。

台所に行き、冷蔵庫からぶどうを取り出した。この間、まひるが大量に食材を買ってきたときに入っていたものだ。本人は買ったことも憶えていないだろう。そして、食べるといったものの、ほとんどはわたしが食べることになるだろう。種なしの紫のぶどう。

平井さんと二人きりで会うのを断ろうかと思ったのは初めてのことだ。花火大会を断ったことはあるけど、あれはバイト先で棚卸しがあったからやむをえなかった。今回は理由もなく。

なく、というのも違うのかもしれない。まひるが心配だからだ。作っておいた野菜スープを、まひるは飲んだだろうか。きっと飲んでいないだろう。わたしと平井さんが会っているあいだ、まひるは何を思い、どんなふうに過ごしているのか。切り刻まれた雑誌のページを思い出す。

こうして会うことにしたのは、平井さんに無駄に心配をかけることや、わたしが会わないのがかえってまひるの感情を逆なでしてしまうことが不本意だったからだ。

それに、奥さんの反応を知りたいのもあった。多分前日の電話の件を平井さんに伝えてはいないだろうと思ったけれど、万が一のことがあっては困る。

会ったときから、彼はいつもとなんら変わりない様子だった。いつも通り快活で、いつも通り楽しそうだった。

いつも通りの丁寧なセックスの後で、わたしは訊ねた。

「平井さんの奥さんって、どういう人なんですか」

「どうしたんだ。珍しいな」

訊ね返す彼に、何かを疑っている様子はなかった。どことなく楽しそうですらあった。

珍しいどころか、初めてだったはずだ。わたしが彼の奥さんについて訊ねるなんて。

「まあ、仲が良かったら、ここでこんなふうにはしてないよな」

平井さんはそう言うと、わたしを抱きしめた。わたしの質問が、嫉妬から生まれたものだと勘違いしているようだったけれど、定期テストでもあるまいし、いちいち勘違いを正す必要もないので黙った。少し息苦しかった。

彼が体を離してから、わたしはあらためて訊ねた。

「奥さんは浮気とか疑ったりはしてないんですか」

「浮気じゃないけどな」

相変わらず彼は上機嫌な様子で、呑気なことを言う。笑ったあとで、付け加えた。

「大丈夫だよ」

そう言って彼は、またもわたしを抱きしめる。

平井さんに抱きしめられながら、不意に彼を、かわいそうに感じた。大丈夫なんて思っていてかわいそう。そして一人で部屋で待っているまひるのことを思い浮かべて、やっぱりかわいそうに感じた。平井さんもまひるも平井さんの奥さんも、みんなかわいそうだ。

でもじゃあ、わたしはどうなんだろう。かわいそうなんて誰かのことを思うほど、かわいそうじゃないはずはないのに。

一瞬泣きそうになったのが、平井さんにばれなくてよかったと思った。誰のための、何のための涙かもわからないものを、誰にも知ってほしくはなかった。


終電で帰宅した。玄関のドアを開けると、自動で明かりがつく。部屋に続くドアを開けたとき、真っ暗だったので、その時点で心がざわついた。自分の部屋にいるときであっても、わたしが帰宅していない場合、まひるはリビングの明かりを小さくつけておく。

短い廊下を通り、リビングに入る。やはり真っ暗だ。スイッチを押して、明かりがついたときに目に入ったのは、テーブルのそばに倒れこんでいるまひるの姿だった。

わたしは体をびくつかせた。慌ててまひるに近づく。

テーブルの上には、風邪薬の瓶があった。この家に常備してあったものだ。これを飲んだのだということはすぐにわかった。

「まひる」

わたしはまひるの体に触れた。温かさがあった。小さく揺らす。

ううっ、とか、んんっ、といった類《たぐい》の声をまひるは洩らした。とりあえず、生きている。わたしは安心しながらも、自分が細かく震えているのに気づいた。繰り返し名前を呼びかける。

「奏絵ちゃん」

まひるがうっすらと目を開けて、こちらを見る。顔色は悪い。青白くなっている。

まひる、とわたしはなおも言った。

気持ち悪い、とまひるは言った。途切れ途切れに。

「気持ち悪い？　吐きそう？」

自分の声が、怒っている人のものみたいだ。うん、とまひるは言う。吐きたい、とさらに聞くと、それにも、うん、と答える。

待ってて、と言い、わたしは浴室に洗面器を取りに行った。足までも少し震えている。

洗面器を取って戻ってきて、まひるの上半身を起き上がらせる。

大丈夫、と言いながら背中をさすった。まひるはすぐに吐いた。黄色っぽい液体。汚いとは思わなかった。

ううう、とまひるはうめく。吐きたいけれどもう吐けないらしかった。口から唾液が糸をひいている。

台所に行き、冷蔵庫に入っていたミネラルウォーターのペットボトルを取り出し、キャップを開けて手渡した。ありがとう、と言って水を飲むまひるの手は震えている。

「救急車、呼ぶ?」

わたしの問いかけに、まひるは小さく首を横に振った。大丈夫、ごめんなさい、と言う。

大丈夫という言葉を、今日平井さんからも聞いた。ちっとも大丈夫じゃない人たちが、揃って大丈夫だと言う。

「眠りたかっただけなの」

まひるは言った。どうして、と聞きたいと思っていたわたしの心を読んだみたいに。

わたしは洗面器を持ち、浴室に戻った。中身を洗い流してから、タオルで拭いて、再びまひるの近くに置いた。

まひるはまた横たわり、ごめんなさい、と小さな声で言った。目からは涙が溢れ出している。汗みたいな流れ方だった。

わたしは答えられなかった。いいよ、とわたしが言うことじゃない気がして。静かにまひるの頭をなでた。サラサラの、いい匂いのする、まひるの髪。

「ベッドに行こうか」

わたしの言葉に、まひるがうなずいたので、ペットボトルのキャップをしめて、手に持った。立てるか訊ねると、それにもうなずいた。とはいっても、ふらつく様子だった。わたしも立ち上がり、震える体を支えた。また少し痩せたような気がする。

廊下とドアを経由して、まひるの部屋へと入る。甘い匂いがする。照明のスイッチを押した。ここに入るのは久しぶりだ。キャンドルや小物など、生活には直接必要のないものが多くちりばめられた、まひるが作り出した彼女のための空間。なんとなく居心地が悪い。あけっぱなしのウォークインクローゼットの中身は、前見たときよりも増えたみたいだ。

ピンクのシーツと、クリーム色のタオルケットの間に、体を横たえた。枕元のサイドテーブルに、ほとんど減っていないミネラルウォーターのペットボトルを置く。

「奏絵ちゃん、ありがとう」

わたしは首を横に振り、おやすみ、と言った。おやすみ、と同じ言葉が返ってくる。

「明かり、暗くしておくね」

サイドテーブルに置かれていたリモコンで、明かりを一番小さいものにした。それでも表情ははっきりとわかる。流れていた涙は、頬に跡となって残っていた。拭いてあげようかと思ったけれど、ティッシュは近くにあったし、そこまでするのはなんとなく気恥ずかしかった。

部屋のドアは、少しだけ開けておいた。リビングに戻る。洗面器を浴室に戻し、明かりを小さなものにして、からっぽになった風邪薬の瓶を持って、自分の部屋に行った。服を着替えながら、テーブルの近くで倒れこむまひるの姿を思い出した。しばらく忘れられない光景に違いなかった。多分今夜は眠れない夜を過ごすのだろう。わたしもまひるも。

○

安物の圧力鍋は意外と使いやすい。

バイト先のホームセンターで購入したものだ。この部屋にはあらゆるものが揃っていたけれど、調理器具は少なかった。悩んだけれど買ってよかったと思っている。

平井さんに言えば、きっともっといいものを買ってもらえたのだろうけれど、そんなに多くの機能はいらないし、軽いもののほうがよかった。シンプルさは好ましい。

普段はカレーや煮物やスープなんかを作るときに使っている圧力鍋で、今はおかゆを作っている。おかゆなら食べられそう、と聞いたわたしに、小さくうなずいたまひる。

シュンシュンシュンシュンシュン。

蓋につけられた赤い重りが揺れ、同じく赤い圧力表示ピンが上がる。圧力がかかりだしたみたいだ。火を弱める。

お米と水のほかに、鶏がらスープの素を入れた。きっとあまり強い味のものは食べられないだろうから、塩を少しだけ足して、具は別添えにしておこう。

梅干しを細かくしたもの、味噌の炒り卵、ねぎのみじん切りを作り、それぞれ小皿に載せる。まな板や包丁を洗い終えたときに、圧力鍋の火を消した。ピンが下がるのを待つ。

想像通り、昨夜はあまり眠れなかった。まひるにしても同じだろう。さっき部屋に入ったときには、眠れたよ、とくっきりと隈のある顔で答えていた。見え透いた嘘に、よかった、とだけ返して、食事はとれるかどうか聞いたのだ。

ベッドの中で繰り返し、平井さんに連絡することを想像してみた。さすがに深夜に駆けつけることはしないだろうけれど、今日の朝一で来ることくらいはするかもしれないと思った。まひるは平井さんの突然の訪問を、こんなときでも喜ぶだろう。もしかしたらそれが今の望みなのかもしれない。

それでも結局、わたしは連絡しなかった。

圧力表示ピンが、カタン、と音を立てて下がる。圧力鍋の取っ手部分につけられた矢印を、セットからあけるへと動かし、蓋を開ける。むわっと飛び出す湯気。水の分量をだいぶ多めにしたので、スープが多い。塩を少しだけ入れて、味見した。薄めで食べやすいはずだ。お椀に少なめによそい、既に小皿を載せておいたお盆に置く。

「おかゆできたよ」

部屋に入り、いつもよりも少し明るいくらいの口調で話しかけた。まひるは既に上半身を起こしていた。わたしの声に顔を向ける。いったい、どこを見て、何を考えていたんだろう。

「ありがとう」

目の下の隈が悲しい。

ペットボトルと照明のリモコンを一旦ずらし、サイドテーブルの上にお盆を置いた。いつのまにか携帯電話も置かれていた。もしかしたらまひるは既に平井さんに連絡を取ったのかもしれない。

「これ、好きな具載せて食べてね」

うん、とまひるはうなずく。子どもみたいに。

「じゃあ、なんかあったら呼んでね」

うん、とまた同じようにうなずく。部屋を出ようと、背中を向けた瞬間、奏絵ちゃん、と呼びかけられた。

「どうしたの」

こちらを見るまひるは、口を少しだけ開いたまま、首をゆっくりと横に振った。

「ううん、ごめんね、なんでもない」

なんでもないはず、ないのに。

「……ちゃんと食べなよ」

そう言って、まひるの部屋を出た。もう呼びかけられなかった。

まひるはわたしに、今、なんて言いたかったんだろう。

わたしが作ったおかゆを、まひるはほとんど食べなかった。そんなに食べるとははなから思っていなかったけど、それにしても心配になるほど手がつけられていなかった。注意して見れば、少し減ってるかな、という程度。当然、小皿の具もほとんど変わっていなかった。おいしかった、とまひるは言っていたけれど。

圧力鍋に残っているおかゆの量を考えると気がめいる。おかゆというのは少しだけ作るのが難しい料理だと知った。お米、少なめにしたつもりだったのに。まひるが残した分も含め、ここに来る前にわたしも食べたものの、夕食も同じメニューになるのは必然的だ。またきっとまひるは、鳥のようについばむだけだ。

おかゆに合う、劇的に食欲を増進させる具なんてあったりするだろうか、と考えながらレジを打ったりしていた。

「おはようございまーす」

交代の女の子がやって来る。おはようございます、と返し、レジあげの準備にとりかかった。テーブルの下に入っているコインカウンターを取り出し、両替ボタンを押してレジを開けた。中に入っている小銭を、コインカウンターのそれぞれの枠の中に入れていく。一円玉、五円玉、十円玉。

　すると、いつもなら横に黙って立っているだけのバイトの女の子が、わたしに接近し、あの、ちょっと聞きたいことあるんですけど、と話しかけてきた。年下のその子に、はい、と敬語で答えた。何を聞かれるのかまったくわからない。

「亀田くんと橋本さんって、付き合ってたりするんですか？」

　一瞬答えに詰まったのは、当然それが事実だからではなく、あまりに意外だったからだ。

「あ、もちろん、答えたくないとかだったらいいんですけど」

「いや、付き合ってないです」

「仲いいだけですか？」

「いいっていうほどよくもないと思いますけど」

　女の子は明らかに納得していなさそうな表情だ。名札を見て、この子が山口という苗字であることを知る。

「もちろん店の中で話したことはありますけど、外で会ったこともないし、連絡先も知らないです」

どうしてわたしがこんな言い訳みたいなことを、と思いつつも、厄介な噂が広がるのはいやなので言った。もう既に少々の噂にはなっているのだろうから、こうして聞かれるのだろうし。

「え、そうなんですか」

言ってから、山口さんはまだ何か考え込んでいるようだった。少ししてから、橋本さんって彼氏いるんですか、と聞いてきた。

「います」

わたしは言った。どうせ噂が立つなら、ここにいる人との噂じゃないほうがマシだ、と素早く計算して。平井さんの顔は一瞬よぎったけど、彼氏という言葉はあまりにも似合わなかった。それからまひるの顔も浮かんだ。

「そうなんですね。すみません、質問ばっかりして」

いきなり安心した様子になった彼女を見て、初めて、この子は亀田くんのことが好きなのかもしれない、と思った。最初の質問の時点でも気づけることだった。あまりにも自分から遠い感情で、想像できなかったのだ。

レジあげは問題なかった。積み上げた硬貨を、またそれぞれのレジの中のケースに戻していく。

「おつかれさまです」

「おつかれさまですー。なんかごめんなさい」

なんか、というのは質問に対してだろう。わたしは曖昧《あいまい》に頭を下げて、ロッカールームに向かった。

ロッカーを開けると、いつも持ち歩いているバッグに加え、デパートの紙袋が入っていた。見慣れなかったので、入っていたのではなく、入れたのだというのに一瞬遅れて気づいた。

紙袋の中身は、部屋から持ってきた薬箱だ。胃腸薬や頭痛薬などが入っている。湿布やばんそうこうもあって、これらは置いてきてもよかったのだけれど、面倒なので箱ごと紙袋に入れてしまった。

これがそれほど意味のある行動だとは思っていなかった。薬局は近くにあるし、わたしの留守中に、まひるが出かけることは言うまでもなく容易だ。単なる気休めの紙袋。

エプロンをロッカー内のハンガーにかけ、靴を履きかえたときに、そのまま膝をついてしまいたい衝動にかられた。

真っ黒の毒々しいものが、体中を巡っている感覚がある。疲れと呼んだり、寝不足のせいにしたりするには、あまりにも重たいし激しい。

山口さんや、くだらない噂を立てたのであろう人たちへの苛立ちが増していく。話してるだけで付き合ってるって、いまどき小学生でも言わないだろう。

バカみたい。

薬を飲んだところで、いったいどうなると思ったんだろう。平井さんが離婚して、自分のところにでも来てくれるっていうんだろうか。だとしたらわたしがその倍飲んだらどうなるのか。そんなの全然解決じゃない。前進じゃない。そんなの、そんなの。

ロッカーを一旦閉めて、ドアに両手をついて体重をかけた。自分の足元が見える。履きかえたばかりのいつもの靴。

足元を見ているうちに、母がいつも、わたしの下半身を気にしていたことを思い出す。膝がまっすぐであるように。正座を禁止し、親戚の葬儀でも絶対にさせなかった。わたしの足の甲が高くないことを嘆き、とにかく膝下が長くなることを祈っていた。

祈りは通じず、まるでバレエに向かなかったわたしの体。

きっと母だって、途中で気づいていたはずなのだ。自分の祈りだけでは変えられないものがあるのだと。どうしようもなく、抗えないものがあり、思い通りにならないものがあるのだと。でもそれを受け入れるだけの強さがなかったのだ。

まひるだって同じだ。平井さんが自分のものになるなんて、本気で信じてるわけじゃない。

わかっているのに、苛立ちはどこまでも広がり、世界全体を包んでしまいそうに思える。どうしてみんな、分不相応な願いを持ってしまうんだろう。抱えきれずに、自分が崩れてしまうほどの。

バカみたい。バカみたい。バカみたい。

繰り返す対象に、わたし自身も含まれていた。泣きそうで泣けない。泣きたいのか泣きたくないのかわからない。

激しい怒りは、本当は唐突じゃない。突然やってきた転校生みたいなものじゃない。ずっとわたしの中にいて溜めこまれていただけ。最後の一滴を待っていただけ。

誰かがロッカールームに入ってくる。慌てて姿勢を直し、バッグと紙袋を持って、ロッカーの鍵を閉めた。やってきたのは売場リーダーだった。

「あら、おつかれさま」

「おつかれさまです」

わたしの声は、驚くほど普通のものだった。


いつもよりもゆっくり歩いて帰った。じんわりと汗が滲んだ。帰宅して目にしたのは、リビングで横になっているまひるだった。

今日は明かりがついていたのだけれど、それでも横たわるまひるは、昨日の姿を思い起こさせて、体がびくついた。早足で近づいていくと、まひるは起き上がり、おかえり、と言う。

「なんでこんなとこで寝てるの。ベッドにいればいいのに」

わたしは少々苛立ちながら言った。

「ベッドだと、一人なのが強調されて寂しいんだもん」

「強調」

よくわからなかったので繰り返すと、強調、とまひるも同じように繰り返す。

答えずに、洗面所に向かい、手洗いとうがいをした。鏡に映る自分の顔はいつもと変わらないように思える。大丈夫、大丈夫だ。

台所に行き、圧力鍋の中身を確認する。減っているとは思わなかったけど、水分を吸ったせいか、お昼よりも増えたように感じるおかゆは、見ただけでため息をついてしまいそうだった。

「ごはん、食べられそう?」

わたしは訊ねる。まひるは、んー、と答える。否定のニュアンスを含んだ、んー、だ。しかたないので、自分の分だけを用意する。ガスコンロであたためるとこげてしまいそうなので、器にうつして電子レンジにかけた。

「明日、平井さん来るんだよね」

まひるが言い、わたしは思わず、ああ、と声をあげる。すっかり忘れていたけれど、確かに昨日会ったときにそう言っていた。まひるにも既に伝えていたのだろう。

ウィーン、とかすかな音を立てて回る電子レンジの中の器。かすかなオレンジの光に照らし出されている。

「忘れてた」

素直に伝えると、まひるは何も言わなかった。聞こえなかったのかと思って、顔をそっちに向けると、わたしをじっと見ている。睨む、というほどの強さはないけれど、何か不満がありそうな視線ではある。わたしが見つめ返すと、すぐに視線を外した。

「奏絵ちゃんはいいね」

まひるが言う。最近やけに使う言い回しだ。わたしは何も答えずに言葉の続きを待つ。

「平井さんのこと、全然好きそうじゃないのに、好かれてて」

電子レンジが、ピーー、という音を立てる。熱くなった器を出して、冷蔵庫に入れていた小皿と一緒に、リビングのテーブルに運ぶ。まひるがこっちを見る。

「食べないんでしょう?」

わたしは聞いた。まひるはうなずく。

おかゆを食べはじめる。まひるに背を向ける姿勢になったので、どんな顔をしているのかはわからないけれど、視線は感じる。

「奏絵ちゃんはいいね」

同じ言葉だけど、さっきよりも言い方が強かった。敵意が混じっている。

おかゆが苦く感じられる。飲み込むのがつらい。おかゆ自体の味は変わっていないのに。

「なんでもできて、なんでも手に入って、つらいことなんて全然なさそうで」

まだ続きそうな言葉が止まったのは、わたしが後ろを振り返り、まひるを見つめたからだ。予想外だったらしく、まひるはひるんだようだった。口をきゅっと結ぶ。

「わたしに出て行ってほしいの?」

わたしは聞いた。何を確かめたいのか、何を聞きたいのか、自分でもよくわからないまま。

まひるは何も言わない。ただ目を伏せる。

「わたしが平井さんと別れて、出て行ってほしいっていうんだったら、そうするけど。それで気が済むの?」

「どうして」

まひるはそれだけ言い、またこっちを見た。目がうるんでいる。

「自分で勝手につらくなっておいて、人のつらさを否定するのはやめて。自分だけが不幸だと思ってるのかもしれないけど、今の状況だってまひるが選んでることでしょう。それなのに薬飲むとか、そういうのは本当にやめて」

言葉は一気に溢れ出た。自分とは別のところで響いている感覚だったけど、確実にわたしの口から溢れ出ていた。

まひるは口を開いたけど、こぼれるのはいつもより大きい呼吸音だけで、音にはなっていなかった。肩が上下している。うるんだ目からは今にも涙が落ちそうだけど、たれてはこない。

自分の頭の中で、ものすごく熱くなっている部分と、ものすごくクールダウンしている部分が入り交じっている。言ってしまった、と思ったけど、言ったことですうっとなっている自分も確かにいた。

わたしは姿勢を戻し、前を向き、食べかけのおかゆにまた口をつけた。もう苦味すらない。味なんてわからない。小皿のたたき梅を多めに入れると、ようやく酸味がぼんやりと感じられた。

まひるは何も言わずに立ち上がり、リビングを出ていった。自分の部屋に行ったみたいだった。

ごめんなさい。

心に浮かんだ思いは、言葉にしたほうがあるいは楽なのかもしれないけれど、わたしは何も言わなかった。謝った分、自分の発したものが打ち消されるわけじゃないと知っていた。

ごめん。まひる、ごめんね。

自分は何をやっているんだろうなと思った。もはや自分が何を食べているのかもよくわからない。空腹感も満腹感も、怒りも悲しみもぼんやりとしていて、まるで自分のものだとは認識することができなかった。

ノックの音で起こされた。

音がしたときには既に部屋の中に入っている、まひるの意味のないノック。

「奏絵ちゃん、おはよう。起きて。もうお昼近いよ」

まひるの言葉が寝ぼけた頭に飛び込んできて、意味を成すのに時間がかかる。はっきりわかるくらいになったとき、まひるはわたしを見て微笑んでいた。レースの付いた白いエプロンをつけて。

「おはよう」

寝起きの声は我ながらかすれている。まひるが小さく笑う。

催促され、立ち上がったときに、昨日まひるに自分が言ってしまったことを思い出した。あれから初めて交わす会話だ。

用を足し、手を洗って戻ったリビングにはおかゆとスープと野菜サラダと麦茶が用意されていた。

「朝ごはん食べよう。もうお昼だけど」

「これ、作ったの？」

「野菜切って、お湯わかしただけだけどね」

確かに卵スープはインスタントらしい。

座り、いただきます、と言って食べはじめた。おかゆと卵スープという取り合わせは、正直合わないと思ったけど、それでも食べた。野菜サラダに入っているトマトとキュウリは、切り方が不揃いで、根元がつながったようになっているキュウリもあったけど、それでも食べた。絶対に食べきろうと思いながら食べた。

食事をあらかた終え、麦茶を飲んでいると、まひるが話し出した。ずっと言おうとしていたに違いなかった。

「わたし、しっかりしようと思う」

うん、という相づちを挟んでしまうことすらためらわれて、黙っていた。ゆっくりと嚙みしめるように話すまひる。

「もっといろんなことができるようになりたいし、ちゃんとする。奏絵ちゃんに迷惑かけない。もう薬飲んだりとか、そういうのも絶対にしたくない」

まひるの顔に浮かぶ隈は、さらに強くなってしまったように見える。きっと昨日、眠らずに考えていたに違いなかった。そう思うと、泣いてしまいそうだった。何もできないまひるの、必死な決意。

「そっか」

わたしは言った。言葉が軽く響いてしまわないように気をつけながら。まひるは、うん、と言った。重たい響きで。

ごめん。

わたしは心の中だけで謝った。昨日と同じく。

しばらく黙って、揃って麦茶を飲んだ。麦茶はきちんと麦茶の味がした。

「今日の夜ごはん、一緒に作ろうか」

わたしの提案に、まひるは笑って、うん、と言った。もし世の中に完璧な笑顔があるとするなら、間違いなくその一つに違いないようなものだった。

それからしばらく、穏やかでゆるやかな日常が流れた。

この部屋にわたしがやってきてから、もっとも安らかな時間だった。まひるは以前よりも料理を作るようになり（驚いたことに料理もまともなものに変わっていった）、こまめに洗濯をするようになり（タオル類も）、わたしににこやかに接した。

平井さんがこの部屋にやって来るときに、以前だったらベッタリとくっついて離れまいとしていたのが、自然に距離を置いて接するようになった。さらに、平井さんがいる間はわたしの存在を見てみぬふりするのが常だったのが、普通に話しかけてくるようになった。はっきりと口にはしないものの、平井さんもその変化には驚いているようだった。

わたしは、まひるが少し前まで、うっすらとした狂気をたたえていたことを忘れていった。バイトから帰ってドアを開けるたびに、まひるが倒れこんでいた光景が浮かぶこともあったけど、それも薄れていき、きっといつかは消えてしまうに違いないことを予感させていた。まひるの過剰なわたしへのうらやみや、意味のわからない饒舌さや、いいことを考えているようにはとても見えない沈黙といったものは、わたしたちの生活からどんどん遠のいていていた。

季節はもう夏の気配を残してはいなかった。風は冷たく、夜にはどこかで虫が鳴いていた。冷たいビールよりもあたたかいスープに喜びを感じるようになっていき、Tシャツを着る回数が減っていた。

そんな秋のある日、まひるの作った、少々卵が固まりすぎなカルボナーラを夜ごはんに食べていると、まひるが言った。

「妊娠してるみたい」

わたしは、え、と聞き返した。本当によく聞こえなかったのだ。

まひるは今度は一語一語をはっきりと発音した。何かの授業のようだった。

「妊娠してるみたい、わたし」

聞き取れてもすぐに答えることはできなかった。わたしはフォークを持ったままでまひるを見た。まひるはわたしの手元あたりを見ていた。

「妊娠って」

「生理が来ないから検査したの。できてるみたい」

まひるは早口になっていた。けしてわたしと目を合わせようとしない。嘘だろうと思った。

何より、平井さんはいつも避妊を欠かさない。まひるに対しても同じ行動をとっているに違いなかった。

問題はむしろ真偽のパーセンテージではなく、どうしてこんな嘘をまひるはつくのだろう、というところにあった。時間が経てばわかってしまうのに。

いつ検査したの、とか、検査した後の薬はどうしたの、とか、細かく聞いたなら嘘はすぐにほどけて形を表すかもしれない。ただそのとき、まひるはどんなふうに言うのだろう。どうなってしまうのだろう。

「本当なの」

まひるが、ううん冗談、とか、嘘だよ、と答えてくれることを期待しながら聞いた。

まひるは静かにうなずき、期待はすぐに砕かれた。

「どうするの」

「どうするって」

「だから、これから」

「産んで育てるんだよ」

きっぱりと言いきる。それ以外に何があるの、というニュアンスが言外に含まれていた。

「奏絵ちゃんも一緒に育ててくれるでしょう」

まひるは目線を自分のお腹あたりにうつした。断られることなんて考えていない言い方だった。

わたしが何も答えずにいると、まひるはわたしの顔を見て、ね、とさらに言った。嘘をついているときのまひるは目を合わさないと思っていたので、唐突な視線に驚いたけど、普通の顔をしておいた。

「うん」

言ったのではなく言わされた感じだった。まひるは、よかった、と言い、また視線を自分のお腹に戻すと、右手でそこをさすった。

もしかしたら、本当にまひるは妊娠しているのかもしれない。

想像に鼓動が速まる。一瞬前までは、絶対にそんなことはないと思っていたけれど、絶対なんてありえるだろうか。平井さんが絶対に避妊をしているとか、絶対に妊娠することはありえないだとか、そんなことはないんじゃないのか。

来年、ここでわたしたちは、三人で暮らすことになるのだろうか。まひると、わたしと、平井さんとまひるの子どもで。

今ここに赤ん坊がいる光景を思い浮かべてみる。そこにマットが敷かれていて、仰向けになった赤ん坊が手足をジタバタさせて泣き出し、まひるが声をあげて近づいていく。わたしは台所に立ち、ミルクの準備をする。

その光景は悪いものじゃない気がした。もう、どこまでが現実なのかわからない。ただでさえ現実感の薄れた生活の中で、想像してみる新しい生活は、すりガラスを何枚も重ねた向こう側にあって、ぼんやりとしか形を捉えられない。

「奏絵ちゃんがいてくれてよかった」

まひるはそう言って、またお腹をさする。どこまでが事実なのか、そうじゃないのか、わたしはラインを見失っている。

○

まひるのノックは意味がない。

単に音が鳴るだけで、確認からも許可からも遠い行為。でもわたしたちの生活そのものだって同じかもしれないと思う。意味や理由は古い建物の外壁のように、ポロポロとはがれ落ちていって、この部屋で単にごはんを食べたり眠ったりするわたしたちが残っている。どうしてここにいるのか、何のためにここにいるのかといったことは、削がれていく一方だ。

「奏絵ちゃん、ごはんできたよっ」

昨日の時点で、明日のお昼ごはんはわたしが作る、とまひるは宣言していた。手伝おうかと言ったのに、きっぱりと断られた。

台所には朝からいるようだった。少なくともわたしが目を覚ましたときには既にいた。トイレに行ったついでに、台所に立ち寄って様子を見ようとすると、近づいちゃだめ、と言われてしまった。本当は鶴なんでしょう、と言おうと思ったけど、伝わらないと面倒なのでそのまま部屋に戻った。

いっそもう一度眠ろうと思ったのに、中途半端な眠気はくすぶるばかりで広がろうとはせず、仕方ないので本を読んでいた。外国人作家の短篇集だ。彼の長篇のタイトルだけなら聞いたことがあったけど、短篇集があるのは知らなかった。もちろん、この家の書庫に置かれていたものだ。まひるいわく平井さんの奥さんか平井さんの奥さんのお父さんのもの。まさかわたしに読まれるとは、本自体も思っていなかっただろう。

サナトリウムでブリッジをプレイ中に、一人の男が死んでしまったシーンを読んでいると、ノックと同時にドアが開けられ、さらに声も重なってきたのだった。

物語の続きも気になるけれど、仕方なかった。本を置いてリビングに行く。テーブルの上にはサンドイッチとスープがあった。スープはインスタントのもので、三種類のサンドイッチはそれぞれが半分に切り分けられ、二つのお皿に同じように置かれている。

「すごいね。朝から大変だったんじゃない」

わたしは言った。サンドイッチの一つ一つの具材づくりは簡単であっても、数種類となるとそれなりに面倒だ。最近まひるは料理をしてくれるようになったけれど、一つの料理とインスタントスープというのが基本パターンだったので、三種類の具材に、わたしはまひるの進化を感じていた。

「奏絵ちゃんみたいに上手にできてないけど」

以前しきりに繰り返していた、奏絵ちゃんはいいね、という言葉とはまるで違う響きを持って、まひるは言う。もうここに呪詛《じゅそ》めいたニュアンスはない。

「ありがとう。いただきます」

ツナマヨ、ハムとスライスチーズ、スクランブルエッグ。スクランブルエッグから食べた。おいしい。そのまま伝えた。

「卵サラダにしたかったんだけど、作り方がわからなかったの」

「ゆで卵をつぶしてマヨネーズとかと和えるだけだよ」

「ゆで卵ってどう作るの」

「普通は水からゆでるけど、わたしはお湯に入れるやり方」

真剣に聞いていたまひるはうなずいてから、こう言った。

「奏絵ちゃんの卵サンドで、また遠足に行こうね」

「結局わたしが作るんだね」

まひるは、ふふふ、と笑う。二人で織野川公園に行ったのは一ヶ月ほど前のことなのに、もっとずっと前のことのような気がする。気温の変化もあるに違いなかった。今はもう、あんなに毎日感じていた夏の暑さを思い出せなくなっている。

公園でまひるは、この部屋が平井さんの持ち物ではないことを話していた。今、目の前で黙り込む彼女は、もしかしてそれを思い出しているのだろうか。

しばらく黙って、サンドイッチを食べ、スープを飲んだ。

食べながらつい、まひるの腹部に目をやってしまう。妊娠をわたしに伝えてから四日が経つ。あれからわたしたちの間でその話題は出ていない。出ていないというか、出していない。少なくともわたしのほうは。

昨日まひるは、平井さんと二人で会った。まひるが平井さんに妊娠を伝えたのかどうかは知らないし、二人の間でどんな会話があったのかももちろんわからない。昨日の帰宅後のまひるの表情から読み取りたかったけれど、まるでいつも通りに見えた。もはや、いつも通りの、いつも、がどこにあるのかを見失いつつあるけれど。

どちらにしても、二人の間で交わされた会話の内容を、少しは知ることになるだろうと思っていた。それは今日。トゥディイズザディ、といつか誰かが歌っていたメロディが頭をよぎるけど、誰のなんていう曲かは思い出せない。

「休日出勤なんて大変だね」

突然話しかけられ、わたしは顔をあげた。眉間にうっすらと皺を寄せて、怒るというより困ったようにこちらを見ているまひる。

「休日出勤ってほどじゃないけど」

答えて、やましさをスープと一緒に飲み込んだ。

「わたしもたまには奏絵ちゃんのバイト先行こうかな」

「どうして」

まひるがそんなことを言うのは初めてだった。

「働いてるとこ、見てみたいし」

「遠いしつまんないよ」

「言うと思った」

まひるは、ふふふ、と笑う。いつも通りの笑い方。いつも通りに思える笑い方。サンドイッチを噛むことで、動揺を遠ざけようとした。


「ごめん、突然。大丈夫だったかな」

平井さんは荷物を置き、味の薄いお茶を飲んでから、ようやく口を開いた。大丈夫、というのは、わたしのスケジュールというよりも、まひるにバレなかったかを指しているのだろう。さっきの唐突な発言を思い浮かべながら、大丈夫です、と言った。

アジア風とでもいうのだろうか、外枠と腕置きの部分が籐でできているソファに並んで腰かけている。座り心地はそんなによくない。セックスのためじゃなくラブホテルに入ったのは初めてのことかもしれないな、と思った。

「まひるのことなんだ」

平井さんは言う。驚きはしなかった。それ以外を言われたほうが驚いただろう。言葉の続きを待った。

「家ではどんな感じなのかな」

「どんなって」

「様子というか、態度というか」

わたしは黙った。今朝ごはんを作ってくれたまひるとか、ふふふと笑うまひるとか、薬を飲んで倒れていたまひるとか、いくつかの場面が頭を巡ったから。どんなって言えばいいんだろう。

沈黙に不安になったのか、さっきよりも早口に、やっぱり普通じゃないのか、と平井さんは疑問よりもあきらめに近いニュアンスを持って言う。

「普通ってどういうことなんですか」

わたしは言った。声がとげとげしくなったのに、自分でも気づいたし、平井さんも気づいて驚いていた。

「ごめんなさい」

慌てて言った。

平井さんは、そうか、と言った。言い方によって彼が、わたしがいつもと違うことを、まひるが家でも様子がおかしいせいだと解釈したのがわかった。

わたしたちが普通だったことなんてあるんですか。そう聞きたいけど、聞かない。

「何か言ってた？」

主語がまひるであることがわかって、さらに何かが何を指しているのかもわかってまた黙った。沈黙は肯定を表した。

「まいったよ。あんな嘘」

「嘘って」

「まさか本当だと思ってたのか」

横に首を動かし、わざわざわたしの顔を見る彼の口調には、わずかに苛立ちが混じっていたが、表情に浮かぶのは、怒りではなく困惑だ。いきなり水でもかけられたような。

「わからない」

正直に答えたけれど、目は合わせられなかった。まひるが自分のお腹をさする様子を思い浮かべた。

「勘弁してくれよ」

平井さんは前を向き、泣きそうな声で言った。もちろん実際に泣いてはいない。さらに言葉が足される。

「そんなはずないだろう」

わたしにというよりも、ここにはいない誰かに言っているようだ。語気は荒いけれど、怒ってはいない。

また黙った。二人ともまひるのことを考えているのがわかったけれど、それぞれが描いているまひるは、まるで別人みたいに違いない。

ソファの座り心地の悪さが気になってくる。きっと安物だ。ベッドに腰かけたほうがラクかもしれないけれど、今ベッドにうつるのはひどく不自然だ。

「奏絵」

彼の手が、膝に置いていたわたしの手に重ねられる。うっすらと汗ばんでいた。驚いたのは、唐突な行動だけでなく、名前を呼び捨てにされたことでもあった。彼はめったにわたしの名前を呼ばない。セックスの最中くらいだ。

平井さんは前を向いたままだった。わたしも、ちらりと横を見たけれど、また前を向き直した。

手を重ねられたところで、わたしと平井さんはひどく遠い。

「ちゃんと一緒に考えていきたいんだ」

一緒に？　考える？

「何を」

わたしは訊ねた。答えはわかっていたのに。

「何をって」

彼が口ごもる。

「まひるのこと？」

わたしはさらに訊ねた。平井さんは何も言わない。さっき口ごもったことや、今黙ったことが、かえって答えを導き出している。

平井さんはようやく言葉を発した。おそるおそるという感じで。

「落ち着いて話そう。俺たちが味方としてやっていかないと、どうしようもないだろう」

言葉がわたしに届き、一瞬遅れて意味が伝わったときに、ふっと寒気が背筋を走った。わたしは重ねられた手を振り払った。

「どうした」

「それって」

質問にはすんなり答えられなかった。怒りで声が震える。手も。

「俺たちって、誰のことを言ってるの」

「え」

「今、まひるのこと含んでなかったよね。わたしと平井さんのことを言ってたよね。違う？」

「ここにいるのは、俺と奏絵だろう」

「そういうことじゃない」

うまく言葉がつながらない。声を震わすのは恥ずかしいことだと思いながらも、止められない。平井さんが、様子の違うわたしを、恐れはじめているのがわかるけれど、それもどうしようもできない。

「どうしてまひるを敵みたいにするの」

なんとか言い終えると、涙が溢れた。泣くのはもっと恥ずかしいことだ。平井さんの前で泣くのは、もちろん初めてだった。

「落ち着いて。してないよ」

「してた。俺たちが味方って言った。まひるは入ってなかった。まひるは、ずっと、一緒だったのに」

息が苦しい。涙も鼻水も溢れ出る。言葉が途切れ途切れになっていく。子どものように。

「一緒だったのに」

繰り返したところで、涙は勢いを増した。どうして、なんで、という問いは、もう言葉にはならなかった。

わたしたちは、いつも三人だったのに。

折り曲げた膝を抱えて、声をあげて泣くわたしに、平井さんの視線が向けられているのが感じる。一刻も早く泣きやんで、冷静に話さなければいけないと思う自分と、このままいくらでも泣きつづけられそうな自分がいる。

わたしたちはみんな途方に暮れている。わたしも。平井さんも。もちろんまひるも。

玄関のドアを開けるときに、自分のまぶたが重たいことが気になった。ホテルを出る前に鏡を見たときには、赤くなって熱を帯びていた。駅前のカフェで時間をつぶしたものの、大して変わっていないように思える。けれどこれ以上外で過ごしたくはなかった。慣れ親しんだ自分の部屋に、早く帰りたかった。

いつもよりも重たく思えるドアを開け、ただいま、と言った。

「おかえりー」

快活な声が聞こえてくる。

リビングに続くドアを開けると、そこにはまひるが立っていた。おかえり、と嬉しそうに繰り返す。ただいま、とわたしも繰り返した。まひるはじっとわたしを見つめた。

わたしは無言で洗面所に向かった。手を洗い、うがいをする。

鏡の中でこちらを見つめる自分のまぶたは、明らかに赤く、腫《は》れあがっていた。

リビングに戻ると、まひるが話しかけてきた。こちらを見つめながら。

「遅かったんだね。おつかれさま」

まひるの視線はわたしの顔をとらえている。気づいているはずだ。

「晩ごはんどうしようか。一緒に作ってもいいし、奏絵ちゃん疲れてるなら、わたしが準備してもいいし」

「ごめん。わたし、ごはんいらない」

さえぎって答えた。普通に言ったつもりだったのに、わたしの声は緊張していた。一瞬で空気も張り詰める。

「そっか」

「ごめんね」

わたしは自分の部屋に向かう。まひるは今、どんな顔をしているんだろう。申し訳なさと怖さで確かめられない。

部屋に入って、静かにドアをしめると、いきなり酸素が濃くなったように感じられた。ふうっと呼吸がラクになる。じわじわと体がほぐれていく感覚があった。

部屋着にしている七分袖のTシャツとスウェットに着替え、ベッドに横たわると、疲れがほどけて体の外に広がっていくイメージとなった。疲れは体中を満たし、溜まっていた。いくらでも広がりそうだった。うつぶせになって、顔を布団に押しつける。

わたしが泣いている間、平井さんはただ黙っていた。触れてもこなかった。きっと怖かったのだろうと思う。

ひとしきり泣いてから、顔をあげたわたしは謝った。平井さんに対する憤りは残っていたものの、自分の態度がフェアではなかったと思ったから。フェアさが素晴らしいものとは思っていないけれど、少なくともアンフェアなのは避けたかった。

びっくりしたよ、と彼は言った。かなり控えめに言ったに違いなかった。わたしはもう一度謝り、彼は、いやこっちこそ、と言った。怒らない平井さんを、大人だと感じたし、悲しいと思った。

ぽつりぽつりと会話を交わし、二人で部屋を出た。わたしは早く逃げ出したい気持ちだった。平井さんもそうだったのかもしれない。お互いに顔をあまり合わせなかった。最寄り駅に着いて、チェーン系列のカフェでそんなにおいしくないコーヒーを飲みながら、わたしは自分の怒りと涙を反省していた。そんな権利はなかった気がして。

わたしだってまひるを何度もうとましがった。何度も何十度も。まひるの厄介さに腹を立て、遠ざけたがった。実際に言葉にしたこともあったし、口にしなかっただけで思ったことならもっとあった。平井さんを責めていい理由はなかった。

布団から顔をあげると、部屋の明かりがまぶしく感じられた。

視線をずらすと、読みかけの短篇集が目に入る。今は読む気になれない。平井さんの奥さんか、平井さんの奥さんのお父さんの本。

わたしははっと気づいて体を起こす。電気、布団、ベッド、枕、クローゼット、テレビ、テレビ台。

何もかも、わたしのものじゃなかった。

驚いたことに、泣いた瞬間、わたしは忘れていた。自分が平井さんに拾われた存在だということ。平井さんによって生活させてもらえているということ。わたしはほとんど何も持っていないのだということ。

権利も理由も最初からなかった。フェアになどなりうるはずがなかった。わたしが平井さんに怒ったり泣いたりすることなんて、許されていなかったのだ。

ドアを静かにノックした。

はい、と返ってきた声は思いのほか明るい。わたしはゆっくりとドアを開けた。

「どうしたの」

首を少しかしげたまひるは、床に座っていた。どうやらテーブルに広げた雑誌を読んでいたらしい。

「わたし、この家を出ていく。平井さんにももう会わない」

頭の中で組み立てていたセリフを口にする。まひるの表情に変化はなかった。

どうしたの、と聞かれたなら、それも説明するつもりで組み立てていた。もう平井さんに助けられて生きていくのはいやだと思った、と。もし必要があるなら、それが平井さんへの嫌悪ということではなく、自分自身の心の問題なのだということも一緒に説明しても構わなかった。

ところが、まひるの口から出たのは、思いもよらない質問だった。

「電話はどうするの」

「電話って携帯電話のこと？」

「うん。それで平井さんと連絡を取っていたんでしょ」

どうしてまひるが携帯電話のことを気にするのだろうか。上から彼女を見ていると、歳よりもずっと幼く、さらには小さく見える。

「置いていくけど」

別に決めていたわけではなかったけれど、そう答えた。

「水につけてもいい？」

首をさらにかしげながらの問いかけも意外なものだった。水につける？　携帯電話を？

「やってみたかったの」

言い訳するようにまひるは言う。やってみたかったの、と頭の中で真似て繰り返す。

「わかった」

わたしは自分の部屋に戻り、携帯電話を持ってきた。さっきと寸分たがわぬ姿勢でそこにいたまひるに訊ねる。

「お風呂場と台所、どっちがいいの」

まひるはしばらく悩んでから言った。

「台所」

わたしは黙って台所に向かった。まひるも黙って立ち上がり、わたしに並んで歩きはじめる。

棚から金属のボウルを出し、シンクに置いて水を張る。あっというまに充分な量の水がたまる。水を止めた。

このボウルで、レタスを水にさらしたり、卵をかき混ぜたり、今までさまざまな使い方をしていたけれど、携帯電話を水没させるのは初めてだった。世界の中でも数少ない使われ方だろう。

「いくよ」

わたしは言った。

「うん」

まひるが答える。

携帯電話をそうっとボウルの水面に置いた。携帯電話は静かに沈み、ボウルの底にたどり着いたときに、ごん、と小さな音を立てた。

二人で、ただじっと見つめていた。静かだった。やけに神聖な気持ちだった。

しばらくしてから、携帯電話を水から掬《すく》いあげ、開いてみる。真っ黒になり、ボタンを押しても反応しなくなった画面をまひるにも見せると、こう言った。

「携帯電話のお葬式だね」

悲しそうでも、楽しそうでもなかった。書かれた文字を読み上げるかのようだった。

そうだね、とわたしは言った。

「悲しい?」

まひるに訊かれて、一瞬ひるんだ。あまりにもストレートな質問で。それに、何を指しているのかわからなかった。携帯電話のことじゃない気がした。

「少し」

正直に答えた。何が悲しいかはわからないまま。


荷物は大きめのスーツケースにおさまった。ここに来たときよりは少しだけ増えていた。

安物の圧力鍋は置いていくことにした。代わりにというわけではないけれど、読みかけの短篇集を入れた。

また部屋のドアを静かにノックした。はい、と声が返ってきて、ドアを開ける。まひるはさっきと同じように座っていたけれど、もう雑誌は読んでいなかった。ただ座っていた。

「準備早すぎるよ」

まひるは笑おうとしたんだろうけれど、笑いにはなっていなかった。空気が洩れるみたいな感じになった。

「荷物少ないんだね」

まひるは泣きそうな顔になる。それを見て、わたしの目からも涙がこぼれそうになった。けれど絶対に泣きたくはなかった。

「まひると違って、洋服もないから」

わたしも笑って言おうとしたのに、うまく笑いになっていなかった。まひるがゆっくりと立ち上がり、わたしたちは見つめ合う。

まひるはうるんだ目でわたしを見ていた。まひるの顔を見ていると泣きそうになるけれど、視線を外すのはもっといやだった。唇に力を入れて、見つめた。

「奏絵ちゃん」

「うん」

楽しかった、とか、ありがとう、とか言われたら、もう我慢できずに泣いていたと思う。けれどまひるは何も言わなかった。きっと何か言ったら泣いてしまうからだ。

だからただ、見つめ合った。

まひるはとても可愛い。くっきりとした二重の目はくりっと丸く、柔らかそうな髪の毛と同じ、淡い茶色をしている。すっと筋の通った鼻や、つやつやの唇は小さめで、小さい顔にバランスよく配置されている。肌は白く、手首がとても細い。背はわたしよりも少しだけ高く、甘い匂いがする。

初めて会ったときのことを思い出していた。あれから八ヶ月ほどが経つ。もっとずっと、長く続くように感じられていた暮らし。今、この荷物を置いてしまえば、また何事もなかったように続いていくかもしれない暮らし。

まひるの唇がわずかに動いて、わたしは言葉を聞き逃すまいとするけれど、音は何も出ず、また静かに閉ざされた。

まひるは明日からも、ここで変わらずに暮らしていくのだろうか。平井さんのことと、お腹の中にいるという子どものことを思って。普通の生活を送っていくのだろうか。

やっぱり普通じゃないのか。

平井さんの言葉が頭の中でよみがえる。

わたしがいなくなって、まひるだけが残される部屋。そこでまひるが何を思い、何を考えるのか。

この部屋でオムライスを食べているときに、自分の母親のことを語ったまひるの姿が思い起こされた。一生なれないな。あきらめすら伴っていなかった言葉。

「まひる」

わたしの口が動く。

「一緒に行こう」


欠けた月が雲に見え隠れしている。

玄関でスニーカーを履いたときに、バイト先のホームセンターを思い出した。いつもロッカールームで靴を履き替える習慣があるせいだ。お店の人たちは、突然来なくなったわたしのことを、どんなふうに噂するだろう。亀田くんの顔と声が一瞬浮かんで、すぐに遠くなる。

自分の気持ちが軽いのか重いのかわからない。どちらにしても、受け止めていかなければいけなかった。

どうしてまひるにあんなことを言ったのだろう。自分でもわからなかった。ただ、あの部屋にまひるを残していくことは、ひどい裏切りのように思えたのだ。

携帯電話は台所に置いたままにしてきた。水滴を拭いもせずに。見えるものも見えないものも、たくさん置いてきた。

数時間前まで過ごしていたカフェの前を通り過ぎる。スーツケースが道路の上でガラガラと音を立てている。ガラガラガラガラ。

最寄り駅に向かうということしか決めていなかった。だから実際に着いてしまうと、切符売場の前で立ちすくんだ。こんなにも駅があって、こんなにも人がいるのに、行く場所がない。

荷物を詰めているときは、実家に帰ることを考えていた。数十万円の貯金は、ホテル暮らしではあっというまに尽きてしまう。ただ実際に歩き出してみると、実家への敷居はひどく高いものに感じられた。両親がわたしに何を言うのか、見当もつかなかった。

「奏絵ちゃん、わたし、歯ブラシ忘れちゃった。あとシャンプーとトリートメントも」

ずっと黙っていたまひるが言う。

「着いたら買えばいいよ」

答えると、神妙な顔でうなずかれた。どこに着くの、とは聞かれなかった。ただ一緒に、自動切符販売機の上部に設置された、たくさんの駅名が表示されているボードを見ていた。

海へ向かおうかな、と思い、その直後に、織野川公園へ向かってもいいかもしれない、と思い直した。あの周辺にもビジネスホテルならあるだろう。ホテルに数泊して、先のことを少しずつ考えていけばいい。

ＩＣカードを持たないまひるのため、切符を買おうと歩き出したときに、親子らしき二人が早足で前を横切った。小学生くらいの娘と、その母親だろう。

「早く帰らないと、パパ、待ちくたびれてるよね」

「大丈夫よ。でも遅くなっちゃったわね」

二人は話しながら、ＩＣカードをタッチして、改札口を通り抜けていった。

しばらく目が離せなかった。前髪ごとまとめてひっつめて、髪をアップにした女の子は、バレエ教室の帰りに違いなかった。かつての自分がそうだったから、よくわかる。持っていた、取っ手が一ヶ所の長い袋には、バレエシューズとポワントが入っているのだろう。

懐かしい曲が頭の中で流れ出す。四羽の小さな白鳥の踊り。初めてのバレエの発表会で踊った曲だ。そのために買ったビデオカメラを持って、客席の一番前で見ていた母の姿ばかり気になってしまい、集中するのが大変だった。

今、母に電話したら、わたしたちはどんな話をするのだろうな、と想像してみた。そんなことを考えたのは初めてだった。

ずっと逃げていたのかもしれない。バレエから。自分の才能のなさから。クラシック音楽から。あの家から。母から。

不意に一つの光景が思い浮かんだ。クラシック音楽の流れる実家のリビングに敷かれたマットの上で、仰向けになった赤ん坊が時おり手足を動かしている。それを取り囲んで微笑む、まひるとわたしと両親と妹。まひるがそっと赤ん坊のほっぺに触れてみると、少しだけ表情が変わる。そのわずかな変化に、わたしたちはまた笑う。わたしは、ミルクの準備しておかなきゃ、と思い立ち上がる。

まひるに妊娠を打ち明けられたときに浮かんだ光景と、とても似ていた。さらに幸せなものに思えた。

実家の最寄り駅までの運賃を調べ、切符を購入する。

振り返って、まひるに切符を手渡す。わたしの大きめのものよりもさらに二回りほど大きいスーツケースを隣に置いたまひる。大きすぎるスーツケースは、まひるに不釣合いなほど。腹部に目をやってみるけれど、相変わらずぺったんこだ。細い体。

妊娠が嘘でも本当でも、もう迷いはなかった。まひるはやっぱり平井さんのところへ戻っていくかもしれない。大好きな平井さんのところへ。あるいはわたしが、まひるに疲れきってしまうかもしれない。待っているものがどんなものだとしても、今は見届けたい気持ちだった。

「あとで快速に乗り換えるよ」

まひるの好きな快速電車。わたしの言葉に、まひるは嬉しそうに微笑んだ。

装丁　大久保伸子
装画　網中いづる

この作品は、パピルス二〇一〇年十月号に掲載されたものに大幅に書き下ろしを加え、再構成したものです。

〈著者紹介〉
加藤千恵　1983年北海道生まれ。立教大学文学部日本文学科卒業。2001年、短歌集『ハッピーアイスクリーム』で高校生歌人としてデビュー。同作品は短歌集として異例のヒットとなる。現在は、短歌以外にも、小説、詩、エッセイなど、さまざまな分野に活動の幅を広げている。著書に、『ハニー ビター ハニー』(集英社文庫)、『あかねさす―新古今恋物語』(河出書房新社)など。

その桃は、桃の味しかしない
2012年4月25日　第1刷発行

著　者　加藤千恵
発行者　見城 徹

GENTOSHA

発行所　株式会社 幻冬舎
〒151-0051 東京都渋谷区千駄ヶ谷4-9-7

電話:03(5411)6211(編集)
03(5411)6222(営業)
振替:00120-8-767643
印刷・製本所:株式会社 光邦

検印廃止

Printed in Japan
ISBN978-4-344-02171-6 C0093
幻冬舎ホームページアドレス　http://www.gentosha.co.jp/

この本に関するご意見・ご感想をメールでお寄せいただく場合は、
comment@gentosha.co.jpまで。